彈天縮地

張滌生——

西方文化從小培養的是自信，中國文化講究的是謙遜，
自信的極度會變成自大和驕傲，而過分的謙遜則容易形成喪失自我與自卑。
有趣的是西風東漸後，國人形成了自信與謙遜，互為表裏的混雜個體。

自序

筆者在大陸共計生活了二十八年（包括出生後的八年兒童時期），在臺灣受教育及成長有二十年，在美生活三十三年，加上一生經歷起起伏伏，感慨良多。這次疫情期間，在家閒著無事，就以談天說地（「彈天縮地」）的隨筆形式，發表一些個人的感觸，每日一篇，即寫即發。

筆者年過八旬，雖早失血氣之勇，但偶見不公行事，仍不免義憤填胸，而作不平之鳴。又或有關一些社會現象，如教育、文化、為人處世的一些觀念等的發言，筆者可能是瞎子摸象，只鱗片羽，未窺全貌，難免以偏概全，甚至明日之我，也不一定同意今日之我，不過因為是個人當時的感觸，即使與讀者諸君的意見不盡相符，也祈見諒。

筆者自認老則老矣！但還不是老奸巨滑，明哲保身的意識還是有的，所以行文中許多處是意在言外，並且用了「？？」的符號，「各花入各眼」，就讓讀者自行揣摩其中的意義。

蘇軾：「人生到處知何似？應似飛鴻踏雪泥。泥上偶然留指爪，鴻飛那復計東西。」這些篇「彈天縮地」的隨筆，也就是雪泥鴻爪，筆者給自己留下的一些行跡和感觸罷了！

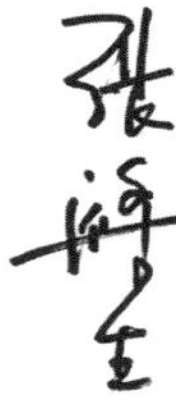

二〇二三年四月二十一日

目次

隨筆 1

開場白

自從五月二號停了每日一篇的〈詩圖文集〉之後，困居在旅館隔離之中，因整日無所事事，決定另起爐灶，寫些個人的一些胡思亂想，隨想隨寫，故以隨筆形式，而總其名曰《彈天縮地》。

「彈天」是因為天下之事，皆能有感，興之所至，則下筆為文，可彈可贊。

「縮地」是因為現在交通發達，咫尺天涯，普天之下皆是鄰居，加上科技發達，訊息經由網路，幾乎秒達，所以「彈天縮地」可以隨時、隨地，無所不談。

「縮地」也有「速遞」的意思，是因為現在流行速食文化，文章將以隨筆形態，儘量求簡，只以表達個人的一些感觸為主。可能一日多篇，也可能多日一篇，反正隨心隨緣而已！

因立場不同，任何觀點都會有正反兩面，是一把雙刃劍，所以文章只能代表此時此刻此地，現在的我一些個人觀點，同一事件，明日之我也未必同意今日之我，還請諸位文友，如有不同意見，敬請評論一二，老朽如我，自當虛心受教，有則改之，無則加勉，但因早已失去火氣，不會參與辯解！尚希見諒！

隨筆 2

我與我們

旅舍隔離之中，幸運的是可以兩人一室，有個說話對象，不幸的是，言辭要非常小心，別落下話柄，後患無窮！

今天跟太座說到：「我們應該……」，馬上被糾正：「你應該把『們』字拿掉，這只是代表你個人的意見，你沒有權利代表我」。是的，每個人在宇宙中都是一個獨立的實體，「們」字一定要慎重應用。

「們」字是人立門外，要開門入戶，得雙方允許，才能用我們。門可大可小，小

至兩個人，大至整個國家民族，甚至人類。兩三人好辦，最多做點說服工作，動之以情說之以理，統一下意見就行。但人多了可麻煩，如何讓少數服從多數？怎麼求同存異？經營企業也好，掌控社團也好，甚至從鄉鎮到國家的治理，開多大的門？讓多少人進門？都是學問。

治大國者如烹小鮮，做什麼菜？如何掌握火侯？適時適量的調料？任何細節都不能忽略，「們」字的學問大矣！

隨筆 3

母親節快樂

以前寫了本小說《六個女人在紐約》，常常被人追問六個女人是誰？我都是神秘的笑笑，請他們買這本書來看看，標準的「標題黨」作風，也許這書的銷路靠的就是這個書名。

今天母親節，我反省我自己，一輩子最對不起的也是四個女人——四個母親。

以前寫過幾首詩，悼念我的父親，但沒有片文隻字談起我的母親，因為慈恩無疆，她無時無刻不在我的念中，反而無從下筆！吾家遷臺後，由富而貧，食指浩繁，甚至三

餐無以為繼，而母親含辛茹苦，將我們兄弟妹撫養成人，當家嚴中風，在醫生宣佈放棄後，堅持照顧，任勞任怨，使得半身不遂的父親，能再享受十七年的生命，而她自身因為操勞過多，引起肝硬化，在醫院、家中，來回折騰兩年後，終於離世。所謂祭而豐，不如養之薄，而今樹欲靜而風不息，子欲養而親不在，思之念之，無限愧疚。

太座葦婷是我第二個對不起的女人，相識於我一窮二白之時，微薄之薪水不但要供我讀書，還要寄回臺灣，養我父母。後來我經商失敗，耗盡家中積蓄之外還負債累累，而她無怨無悔，令我何以為報？

兩個女兒，小婷及文悌，當她們小的時候，我是個嚴父，對她們沒少責罰，她們在十四歲時，都去餐廳打工，而且因為跳班的關係，十六歲時都去外州讀書，以後每年就是暑假及耶誕節時見面兩次，然後就在外州安家立業，使我滿腹的父愛，也無從補償給她們了。

太座及兩個女兒，都是盡責的母親，今天祝她們母親節快樂。也祈禱我的母親在天之靈，能看到她的子孫，光明正直，俯仰無愧的人生。

註：如果有別的女人覺得我對不起她，為免引起家庭糾紛，請私訊我。

隨筆 4

國與国

在兒童玩耍中，尤其是小女生，常常喜歡說他跟我不是一國，某某某同某某某是一國的，這個國就只有兩三個人，但是壁壘森嚴，界限分明。

成年以後，「國」不再是兩三個人的遊戲，筆者沒有去查看《說文解字》，就自己揣摩著簡體和繁體字的「国」與「國」兩個字的構成，做了這篇遊戲文章。

「國」字在簡體字中，是一個「口」字裏面有個「玉」字，「口」是界限、是範圍，「玉」字不但是有「王」字的意思在裏面，還存有「玉璽」的含意，也就是表示

權威，在「口」字範圍內的權威。

而在繁體字的「國」，同樣是「口」字裏面有一個或然的「或」，「或」這表示是可以變動的，怎麼變動呢？

「或」是「戈」、「口」、「一」組成，代表的是武力、人口及土地，這三個要素的變動，就影響到國家的疆域。

但不論是簡體或者繁體，現代國家對在國家疆域範圍內的人民，無論是本國的或者是外國的居民，都有管轄制約的權力，這權威來自法律，而法律則是由國民所制定。

所以國家的基礎來自於人民，權力應該基之於法，才能「為人民服務」。

隨筆 5

公與私

公與私這兩個字很有意思，都有一個「ㄙ」字組成，比「ㄙ」字還要少一撇，古字是同「私」字，但部首「八」的古意是分開、平分，所以韓非曰：「明主之道，必明於公私之分」，就是頂著一頂官家的帽子，一定要分清公私。「私」則是靠家旁邊的禾苗過活。

不過「ㄙ」入了官門，就要為公了，天下為公，公平、公道、公義……，但說到底，還是有個「ㄙ」心在內，除了極少數人外，多數的人都是「人不為己，天誅地滅」。因此，古人說：「水至清則無魚」。

但要克服人的這點私心，一則是以道德的培養，古往今來都是這個辦法，另外則加上俸以養廉，像新加坡的制度，以高薪來防止公務員的循私。不過總而言之，還是要以法律為依據來規範。

最怕是在公部門處久，把公平這個帽子摘掉後，高升為「弁」。「弁」在古字是官帽的意思，這時「厶」就在頭頂上，怕的是小人得志，拿著雞毛當令箭，「公」就不見了！更怕的是侵堂入室，把私家的「禾」弄丟，事則大矣，不可不慎！

隨筆 6

隔離中

以前有位美麗的小女孩，在睡覺前，她媽媽問道：「你將來的願望是做什麼？」小女孩閉著眼睛想了一下，說道：「我希望將來我什麼工作都不要做，每天有吃的，有喝的，都會送到我面前來」，她媽媽笑了笑，說道：「那你跟豬有什麼區別呢？」

我現在就在就過著跟豬沒有什麼兩樣的日子，在小小的房間內（豬圈），享受著每日送來的三餐，想吃就吃，想睡就睡，什麼都不要煩。窗簾拉上後，斗室之中沒日沒夜，都不知道外面的世界了。有感於此，戲作打油詩如下：

吃喝拉撒睡，一日幾循環。
房中無歲月，世事管他娘。

不過「人之所異於禽獸者，幾希矣！」老祖宗能進化到現在，就靠著這「幾希矣」，本來每日一詩一圖的《詩圖文集》結束後，想休息一陣子的，但為了不沉淪到六道輪回中的畜牲道，只有用腦子想點事來做，別的事物我不懂，只好再提起筆來，談天說地的寫些胡言亂語，還望諸親好友莫笑！

隔離，隔離，能隔離的只有唯物的身體，而唯心的思想是無法隔離的，現在網路發達，各種資訊，都會廣為傳播，也會立刻有各種封鎖及闢謠，留給所有網民自由判斷。

「民無信不立」，只要各種政策能言之有「理」，取得民眾信心，大家一定會配合的。

隨筆 7

隔離伙食

這次在隔離旅社的三餐，是包含在房費裏面的，雖不能點餐選擇，但食材用的非常講究，份量也大。也許這家旅社以前的客人，多數是國外的友人，所以烹調方式也摻雜了不少西餐的做法。

以前有個說法，要控制一個男人，只要控制他的胃，筆者雖在國外居住近四十載，實際上還是個中國胃，但為了不受控制起見，練就一個中胃（味）西吃，或者西胃（味）中吃的世界胃。隔離之前，在美國住了差不多五個月，一半以上的三餐都是西

餐。

這次在旅館中，開始幾天，還能下咽，但到後來，幾乎望而生畏，原因是油膩太重，而且份量太大，因為年紀漸長，有無福消受之感，有時甚至會原封不動。仔細思之，何以至此？原來是近鄉情更怯，期望太高，而葉落歸根，胃還是中國胃？幸虧中山區送的大禮包裏面有些泡麵，安慰了我這個歸本還真的胃。

隔離旅社中，所有伙食都是統一配製，眾口難調，不可能滿足每一個顧客。只有少數服從多數，自行調整。

以前的隨筆中提到「治國如烹小鮮」，掌勺的固然是由大廚負責，但菜色應該根據食客的需要而定，「民之所好，好之，民之所惡，惡之」，能不慎乎！

隨筆 8

再談伙食

前篇談到隔離中的伙食，覺得意猶未盡，就再從吃飯說起。

我國幅員廣大，人口眾多，歷朝歷代，吃飯都是大問題，除了近五十年外，饑荒及餓死之事屢見不鮮，所以我從小受的教育就是「一絲一縷，當思來處不易」，或者是「欲知盤中飧，粒粒皆辛苦」，對食物要有敬畏之心，不可浪費。

這次在美國看到女兒們對孫輩的教育，百感交集，比起我們當年對她們的訓育，實在是有飛躍的進步，德智體群面面俱到，美中不足的是，因為物資供應太豐富，食物的

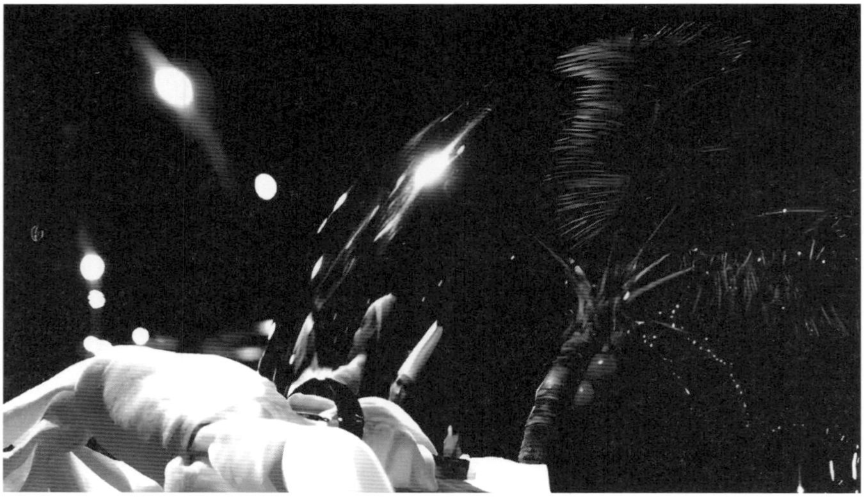

浪費，讓我不忍直視。前年大外孫女高二時，背負四十磅的行李，包括床及蚊帳，步行上山，到巴拿馬的熱帶雨林裡，無潔淨水源、無電、無網路的村落，做了六個星期的義工，使她對社會中的弱勢群體，有更深層的認識，讓筆者感到非常的欣慰。

這次在隔離中的餐食，份量太大，不可能做到盤空的程度，而且因為我們是染疫的嫌疑犯，剩餘食品一律丟到密封的垃圾袋中。使我每每想到在非洲的饑民，不忍之心，油然而生。

上海是中國最富裕的城市之一，大家對物質的匱乏，從來沒有感覺，不過這次封城下來，終於引起搶菜風波，「民以食為天」，慎之！慎之！

隨筆 9

隔離

最近看到一個視頻，上海有個男人，大概隔離久了，生活壓力太大，終於發狂！回想自己很幸運，八十年的生命中，起起伏伏多少次，但直到這次疫情開始後，才嘗到隔離的滋味。

二〇二〇年一月回到上海，正巧碰到疫情爆發，於是足不出戶自動閉關七十天。這期間，幸虧小友送來許多蔬菜、雞蛋、水果等等，食材免於匱乏，沒有遭受到饑餓的恐懼。後來「魔都」生活逐漸恢復正常，飯照吃，舞照跳，在世界各地的新冠疫情爆發

時，上海並沒有感同身受的感覺。

二〇二一年的十一月，在與兒孫們分別將近三年後，決定回美探親，不過當地正是大爆發時期，唯思親心切，不顧友人勸阻，毅然成行。到達後，先住在大女兒家，因為他們全家都打過針，而且準備了很多抗原測劑，對家裏每位成員有所懷疑的時刻，進行測試。小女兒家因為其四歲的小外孫女，還沒有打針，所以來看望我時，在院子裏搭個帳篷，所有人經抗原測試後，我們才與兒孫們，舉行口罩會。

在隔離期過後，確認本身已經安全無礙，才搬到小女兒家。但天有不測風雲，兩個女兒家突然都有孫輩感染，只有搬到附近旅館暫避，遠離病源。

在美期間，反正閑著也是閑著，去拔了兩顆牙，裝了顆假牙，又在腹部加裝五根支架，總算不是一事無成。但「歸去來兮！『陽臺花草』將蕪，胡不歸」，蓴鱸之思既起，所以就展開這次漫長的歸家之旅。

首站臺北，在旅館經過十一天的封閉式管理之後，搬到葦婷妹妹家，進行七天自主健康管理，一元復始，感覺又回到疫情開始時，封閉在家的那七十天一樣。

在斷斷續續的封閉之中，幸虧是衣食無缺，生活環境尚稱優渥，加上退休老人沒有外在壓力，平安度過。不過隔離人中，有幸與不幸，如何面面俱到，就需要執政者與執行者的費心了！

隨筆 10

隔離有感

從小到大不是一個很好的學生，在高三考大學的衝刺階段，聞雞即起、懸梁刺股的學習生活，有半年時光。後來大學畢業，在職場混了幾年，為考留學試，剃個光頭，在家中閉關三個月，這都是類似今日隔離的經歷。

這次疫情當中，經歷過封閉式的強制隔離，也有居家自我管理式的隔離，封閉式的隔離是拘限於指定場所，但保有在居住範圍內，自由行動的權利。上海今日之封閉管控，有點類似古人之「畫地為牢」，每個人閉關在自己家中，但「削木為吏」則做不

到，以大白（居委及志願者）替之。[1]

無論哪種隔離，都是考驗個人的自律精神和對法律的配合程度。但自律的堅持依靠的是定力和抗壓的能力。定力和個人的修養、教育、經歷與生長的環境等，有密不可分的關係。壓力則來自愛情、家庭、工作、經濟等等，方方面面，不一而足，最重要的是生存的壓力。如全部壓力超過一個人抗壓能力的最高限度，到達某個轉捩點

1：漢・司馬遷《報任少卿書》：「故有畫地為牢，勢不可入，削木為吏，議不可對。」意思是畫地做牢房，削尖木頭，插在地上，當做獄吏。

時，就很容易產生憂鬱症、神經失常等病症。

退休後沒有工作的壓力，退休金勉可度日，而且年老力衰，不敢做非分之想，所以無壓可抗。並且平日生活疏懶，四體不勤，故定力自然而生。

筆者閑來無事，則以學文，三年來，在斷斷續續的封閉時間內，因「定、靜、安、慮、得」，寫了七百多篇的詩詞，現在則每天寫一篇〈彈天縮地〉，也算是失之東隅，收之桑榆。

隔離期間，最幸運的是訊息、新聞都能夠及時看到，沒有斷絕與外界的聯繫。其實隔離最可怕的不是形體的拘束，而是能否有精神的自由？所幸者，在筆者所有的隔離經歷中，沒有遇到外來壓力，形成精神的禁錮，只祈求其他遭遇隔離的人群，能夠有我一樣的幸運。

隨筆 11

《披薩的滋味》

在臺北居家管理時，百無聊賴中，居然看到一部不錯的印度電影《披薩的滋味》，頗有感觸，如鯁在喉，一吐為快，特在此略為表述。

以前腦子裏對印度的印象就是髒和亂，也不敢去印度旅遊，二〇一九年有機會，由杜拜坐遊輪出發，到新加坡解散，途經印度四個城市，這樣可以白天攜帶船上的飲料食

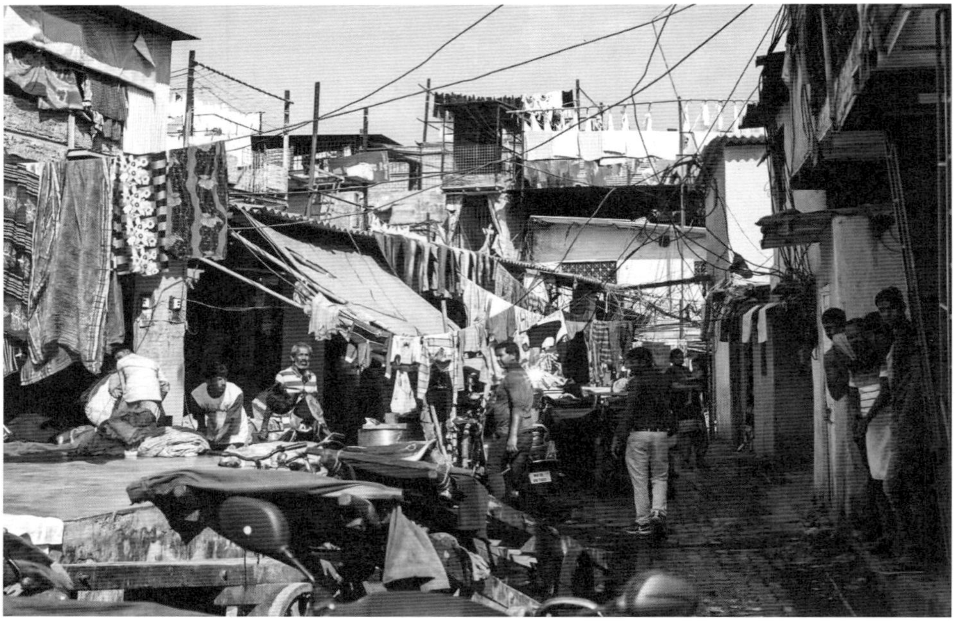

物，下船遊覽，晚上回船睡覺。筆者特地去參觀了孟買的貧民窟，其中景象至今難忘。

這次在《披薩的滋味》中，重遊了一次貧民窟，雖只局限於幾個場景，卻真實他反映出該地區的形象。以前很少看印度電影，近兩年來，卻觀賞了幾部印度寶萊塢作品，非常震撼。其特點是主題鮮明，刻畫人性，並勇敢地揭露出社會的黑暗面。

《披薩的滋味》描述的是貧民窟中的兩個小孩，為了想嚐嚐披薩的味道，努力工作，千方百計存下可以買披薩的錢，卻因為衣衫襤褸，被看門的保安拒之門外。當他們終於存夠錢，又用計謀換得所需的新衣服，再度來到披薩店時，被認為是找麻煩，受到店主毆打。這過程卻被其他的小孩用手機拍攝下來。

這部錄影的短視頻，成為各方人馬，爾虞我詐地爭取目標，最後陰差陽錯還是公佈出來，在社會上引起軒然大波，店主為平息輿論，千方百計地將兩個小孩和諧[1]了。小孩的結論是披薩的滋味還不如祖母的烙餅好吃。

影片中貧富階層的對比，店主（資本家）的貪婪，門衛（奴才）們得到權力時的兇悍、政客的狡詐、混混們的混水摸魚，形容得淋漓盡致，雖然是管中窺豹，但見微知著，真實地反映出當今社會上的病態。

這是一部好電影，值得推薦，他山之石，可以攻錯，共勉之！

1：「和諧」源自中國共產黨「和諧社會」政策，指網路上出現腥羶色、暴力、政治等敏感議題時，其內容會被封鎖或移除。

隨筆 12

耳鳴與耳背

二〇二〇年，一月底，上海疫情剛開始，有天清晨起床，突然覺得耳鳴，因為在封閉期間，也不能去醫院，拖了兩、三個月，等能夠自由出門時，才設法去看醫生。

不做不知道，一做嚇一跳，因為持的是臺胞證，無法以身份證在網上預約掛號，而醫院裏人山人海，掛號就診成為第一道難關。幸虧在瑞士日內瓦世界衛生組織就職的友人小瑞幫忙，才能在上海耳鼻喉科專科醫院，掛號就診。醫院裏人潮洶湧，九牛二虎之力掛上的號，醫生僅花費兩分鐘，就得到結果，開了些藥，回家服用。

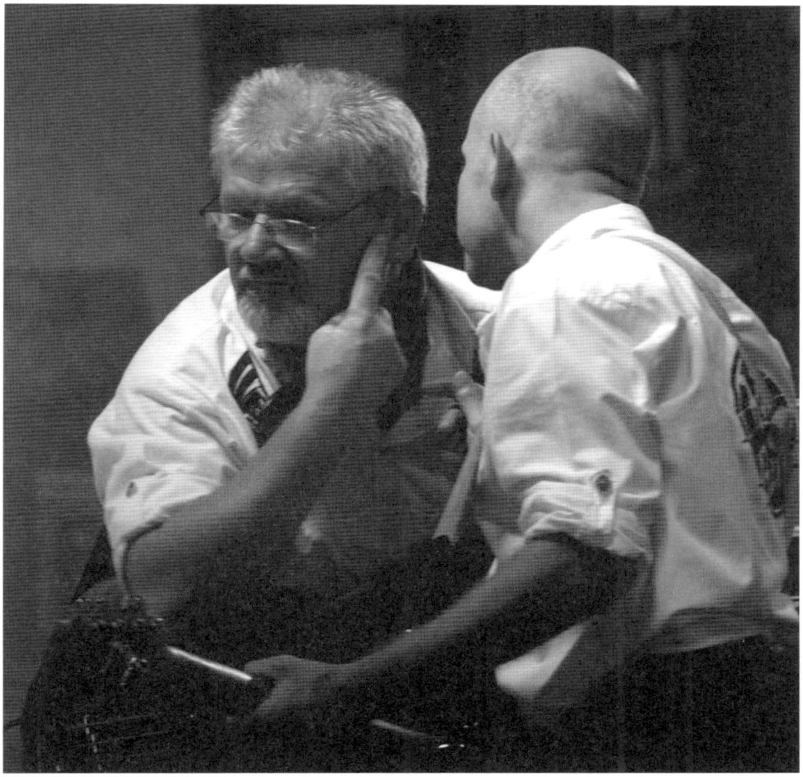

因為西藥效果不是很顯著，於是又找針灸醫生，治療了差不多三、四個月後，再尋訪中醫的耳鳴專家，啟動中藥治療。但頑固的耳鳴卻賴上了我，堅持不肯撤退，所有治療都無功而返。

日子一久，也就習慣，與耳鳴「共存」，經常做事時，已經沒有感覺，只有在早晚或靜默時，想到它，就會感覺到它的存在。

說到耳鳴，就不能不談耳背，年齡漸長，聽力自然反向而行。有位友人，他一隻耳朵不好，另外一隻耳朵沒有問題，於是出外就餐時，他總是將那隻不好的耳朵，對著他的夫人，而好的耳朵，對著其他的友人。就餐時，能聽到的都是勸進、勸飲之辭，而對制止的言論，一定是聽而不聞。賢哉此友！

其實許多友人，在耳背時裝了助聽器，早期裝置，會收聽到許多附近雜音，而現在好的助聽器，都會過濾掉這些雜音，成為耳背者的福音。

但為政者不是個人，「兼聽則明」，耳鳴也好，耳背也好，如何耳聽四方，廣納民意，不要過濾雜音，才能制定最適當的政策，則人民幸甚，國家幸甚。

隨筆 13

散步

以前沒有散步習慣，這次到加州灣區女兒家，因為疫情，少了許多友人的邀約，又不讓我開車，每天只有悶在家裏。對我這個四體不勤的人來說，倒是無所謂，但太座看不慣，說我像尊佛，整天坐在那，動都不動，在女色動之以情，曉之以理的勸導之下，佛也只能下得凡塵，陪她散步。

小女兒家的社區，是依山建築，所有通道不是上坡，就是下坡。第一次散步時，先往下坡走起，走了十幾分鐘後，轉身慢慢上坡回家，結果人老體衰，到最後幾十碼時，

氣喘如牛，雖看到家門，卻無力返回，望門興歎！只能歇息片刻後，才可畢竟全程。

等第二天開始散步時，筆者果斷決定，先行上坡，走了與昨日差不多的路程後，再轉身下坡。散步的時間與遠近，沒有多少變動，但體能上卻比較能夠勝任。

內人與我，在生活習慣上，有一個很大的差異，食物也好，衣裳也好，她總是先挑好的、新的嘗試，筆者則是要把差的、舊的先用，其實這兩種方法，無所謂優劣，尤其在為人處世上，要審時度勢，先難後易，或先易後難，應該是視情況而定。

記得當年，初到美國一家顧問工程公司就業，一位瑞典籍的老工程師告訴我，做工程師沒有什麼了不起，猴子也能做，主要的就是要替顧客著想，怎麼樣設計能更方便安全？也就是用常識來判斷設計。當然，這是過甚其詞，專業知識還是必要的條件，真要由猴子來設計，猴子還是要瞭解工程的原則才行，譬如讓一個只懂中醫針灸的人，來管一個國際大都市的防疫政策，那就有待商酌了！

隨筆14

淺談教誨

我的兄弟姐妹中，前面三個都是男孩，年齡相近，又都頑劣不堪，所以家慈常常用厚厚的木尺伺候，我記得有過兩次，母親到底是女流之輩，在行罰時體力不支，只有換上父親接力，在同一處皮肉執法。所謂棒下出孝子，「大孝尊親，其次不辱，其下能養」，今日自問，尚能不辱於親者，雙親教誨之功，不可沒也。

傳承有序，等到我自己為人父，雖然兩個小孩都是女兒，但在她們成長的過程中，也有過被體罰的經歷，也許是這原因，她們都跳班早讀，十六歲左右就到外州去讀大

學，離家獨立生活。

等到她們成家，並為人母後，想是「己所不欲，勿施於人」，終於打破傳統，成為「叛逆」的一代。大女兒的處罰方法，最嚴厲就是站立，面壁思過，她的大女兒，有次看到媽媽做的菜，這位大外孫女不喜歡吃，就先自動到壁角罰站，而她妹妹在三、四歲的時候，晚上對我們倆老說：「我今天還沒罰站呢！」似乎意猶未盡，有今日之事猶未畢的感覺。

小女兒文文，對管教小孩更勝一籌，凡事皆以勸導為主，筆者認為，一個巴掌可以解決的事情，她要花兩三個小時，同兒女們講道理。有次最小的外孫女，在她三歲的時候，看媽媽生氣，對她媽媽說：「妳退後一步，做個深呼吸，就不會生氣了！」讓人哭笑不得。

當然兩種教誨方法，都各有優劣，但我現在每次赴美探親，看到孫輩們，快樂的成長環境時，就會心生愧疚之感，沒有讓我的女兒，盡情享受到童年的幸福。所幸者，不論是我的父母，或我本人，還是賞罰有度（雖然罰多於賞），有法可循。

其實無論管理的對象是什麼？對教誨而言，「修身、齊家、治國、平天下」，只要能訴之以理，循之以法，則無往而不利哉！最怕是立法無據，朝令夕改，民無所適從，則家不齊，國不治矣！

隨筆 15

兒童教育

這次在美國住了差不多半年，而且因疫情關係，沒有外出，在兩個女兒家輪流居住。因為小女兒家有三個幼童，深深感受到她教育小孩的方法，與我個人的童年經歷，大不相同，感觸良多。上篇在兒童的教誨中，只是淺嘗輒止，覺得意猶未盡，在此再補充申述。

在美國的兒童教育中，打罵是不允許的體罰，強調愛的教育，但有時還是需要處罰，嚴重也是最常見的處分——不允許外出、不允許看電視等等。

小女兒家對小孩教育，採用積分制，四歲的老么負責在餐桌上擺餐具及餵狗食；八歲小哥哥要清理，處理家裏所有的垃圾桶；十歲的大哥哥，則是承當洗碗的工作（有洗碗機相助）。積分可以換取看電視、吃冰淇淋等的權力，犯錯就要扣除積分，賞罰分明。同時，每個小孩從三歲起，就要把自己的髒衣服送到洗衣機裏，洗好、折疊、收

用。前兩年小哥哥的耶誕節願望，就是希望有個幫他折衣服的機器人，一笑。

他們的媽咪也會帶著他們，一起做蛋糕、餅乾等等，分工合作。同時，網上有售賣適合兒童烹飪的菜品材料，並附有說明書，每週一次，媽咪會分配給每個小孩一份烹調材料，指導他們製作，勞動的成果出來，就是當天晚餐，自然是闔家歡樂時光。

小外孫女在學前班上課時，站在課堂前，背後是她媽咪替她做的，貼有各種活動的生活照片看板，她站在臺前，回答老師及同學們針對照片的發問，互動情況良好，對兒童的心智啟發、社交應對，都非常有幫助。

最重要的是言教身教，循循善誘，不怕犯錯，只要知錯能改，而且賞多於罰。當然，這是個案行為，不是每個家庭都如此這般，但總有值得我們借鑑的地方。最起碼應該學到不要「粗暴執法」，並且要「有法可據」，則兒童幸甚！甚至社會幸甚！

隨筆 16

淺談中西文化的差異

在上文中，提到我的小外孫女，用一個貼滿生活照片的看板，回答老師和同學的問題時，有趣的是，當老師看到穿足球隊制服的照片時，問她是不是會踢足球？她肯定的回答「會」，另外一張是她在棒球隊的制服，她肯定的回答，也是「會」，類似的回答也在滑雪和游泳上。

實際在棒球和足球上，多數時間，她都是站在場上不動，只有在媽媽和教練喊叫時，才茫茫然地移動，僅此而已。在滑雪和游泳上，經過教練的調教，可以說已經接

受啟蒙教育，勉強可以獨立運動。反觀她的外公，行年八十有餘，自稱是寫作、攝影及收藏的愛好者，與同好們相聚時，只能誠惶誠恐的請益。

與西方人士交往時，許多時候，即使他們只是半瓶子醋，也會搖得嘩啦嘩啦響，《論語》中，樊遲請學莊稼的事。子曰：「吾不如老農。」他又請學花圃的事，子曰：「吾不如老圃。」雖然孔子的回答，是繞了個彎子，另有他意，但換成西方人士，一定是熱心的開始教學怎麼栽花種菜了。

西方文化從小培養的是自信，中國文化講究的是謙遜，自信的極度會變成自大和驕傲，而過分的謙遜則容易形成喪失自我與自卑。有趣的是西風東漸後，國人形成了自信與謙遜，互為表裏的混雜個體，但切忌「過猶不及」，要適度的混合，不要形成反效果才好。

隨筆 17

分離與隔離

二〇二〇年因疫情肆虐，筆者老倆口在上海自我隔離七十天後，才步出家門，期間幸蒙友人們饋贈蔬果食物，生活無慮。然而全球疫情形勢嚴峻，魚游沸鼎，國內卻因管制及時，獨善其身，上海生活逐漸恢復正常。

但「寒燈思舊事，斷雁警愁眠」，與兒孫分離二十八個月後，倚閭之思，無日或忘，終於收拾行裝赴美探親。當時美國疫情正烈，這一切都阻擋不了我們思念之情，不顧友人勸阻，甚至女兒們都希望我們暫緩行程，唯心意已決，毅然成行。

抵達舊金山後，因為小女兒家的四歲小外孫女，還沒有接種疫苗，所以筆者先住大女兒家。抵達的第三天正好是筆者的生日，就在庭院搭個帳篷，小女兒全家到來，十一人舉行口罩生日會，也是一次難得的經歷。

經過一週自我隔離後，兩次抗原檢測，都顯示陰性，才搬到小女兒家。以後因中美形勢緊張，航班不停地熔斷[1]，我們有家歸不得，滯留在美半年之久，期間五個孫輩相繼染上新冠，於是家人們自動、被動地不斷隔離，我們也「流竄」於兩個女兒家，中間還住了三天旅社。

「天涯失鄉路，江外老華髮」，金窩銀窩，終不如狗窩，經歷這麼多次隔離後，決定展開漫長回鄉之路，再一次分離！

因為直航班機稀缺，這次返鄉之旅，必須經過臺灣再回上海，要被強制隔離十加七和十四加七——共三十八天之久，雖仍在路中，但已經嘗了強制隔離的滋味。

分離不管是因為內在或外在的因素，都具有割捨的情感，而不得不做的決定。隔離則不論是自動還是被動，是種強制性的行為，不考慮個人的意願，無法任性而行。

但隔離一定是基於現實或者法律的需要，採取的必要措施。問題是被隔離的對象，如果本身沒有問題，也沒有觸犯法律的話，應該得到應有的尊重，保障其生活的無憂無慮。隔離的設施應儘量人性化。同時社會大眾的安全，應是最優先考慮的前提。

1：「熔斷」為中國針對疫情時的航班採取的機制。

隨筆 18

快樂人生

像大多數國內家長一樣，我也曾經是一位不折不扣的虎爸。女兒們小時候，不管她們願意，還是不願意，送她們去學中文、跳舞、鋼琴、女童軍等活動，時間排得滿滿的，考試則希望她們名列前茅，如此這般的磨練，一直到她們上大學。

唯一的例外是，當時小女兒七、八歲，回家看到她練鋼琴時，站在鋼琴椅子上玩琴，結果那年的耶誕節禮物，就是讓她不必學鋼琴了，我省了錢，換了她一個高興。

我自己從小不是很會讀書，記得進附中初中的第一次數學考試，得個開門紅——

十二分，以後雖有進步，但戰戰兢兢的，一直到高中畢業。高三時三民主義不及格，幾乎留級，只有勞動家長到老師家求情，大學聯考時，該科還是只考了四十六分，而且英文也只有二十幾分，幸虧筆者考運不錯，總算擠上大學名單。

但筆者對女兒們的期望就是進常春藤聯盟學校，學法律，內人常說你做不到的，就希望女兒們能替你達成。皇天不負苦心人，不論過程如何？她們總算是成全了我的願望。

等女兒們成家後，她們對孫輩的

教育，與我的願望是反其道而行，大女兒家的孫輩，在進大學前，每週花在體育場上的時間，都在五十個小時左右，課業完全靠自律，當筆者委婉地詢問，對孫輩將來有何要求計畫時？女兒的回答是：「他們只有一個童年，希望他們有一個快樂的童年，至於將來，看他們自己了！」

小女兒家的孫輩還小，談不上什麼課業要求，天天就是玩耍，小女兒的回答驚人的與大女兒一致：「他們只有一個童年，希望他們有個快樂的童年，他們的人生只要快樂就好！」

「快樂人生」，何其簡單又何其難以得到的奢求！

隨筆 19

禁足與隔離

偶然翻閱到卞之琳的短詩〈斷章〉：

你站在橋上看風景，看風景的人在樓上看你。
明月裝飾了你的窗子，你裝飾了別人的夢。

覺得很有意思，改寫成：

你本來想走在動物園裏看動物。
獅子，猴子卻在籠子外面看你。

寂寞裝飾了你的窗子，你卻成了獅子，猴子的玩物。

記得我剛到臺灣時，我父親的公司正好在蓋竹北的台元紗廠，那時我是讀小學三年級，因為太「皮」，母親受不了，安排我們兄弟三人，集體「流放」到父親工地，隔離起來，每兩週可以有一人回臺北「放風」。那段時間，是我的快樂童年，完全沒有自律精神，無人管束，成天蹺課在工地裏玩耍。

三弟在成

功嶺受訓時，因饅頭吃的太多，與隊友起了衝突，最後除應有處分外，還被罰在受訓期間，所有星期例假，都在營區禁足，不過不是關禁閉，所以在營區範圍內，是可以自由活動，應該說是強制性的隔離。

其實在學校讀書時，雖然有校規管束，唯處分相對輕微，因此有許多同學翻牆出外，與教官玩貓捉老鼠的遊戲。軍隊禁足則是強制性的軟隔離，不過因為有軍法伺候，出外就成了逃兵，所以約束性很強，沒有人敢輕易試之。

關禁閉或者坐監獄，則有硬性的隔離設施，如牢房，除了放風時間外，是不可以外出活動（禁閉則沒有放風時刻）。統而言之，以前是除了犯法、犯罪的人員外，沒有硬性隔離的。

現在疫情時期的隔離，基本上應該是強制性的軟隔離，即使有極少數人員，缺乏自律精神，也應有適當的法規，可以懲治。如果因遏制少數人的不當行為，而採用硬隔離，殃及極大多數無辜百姓的權益，是需要商酌的。尤其當設置會妨礙消防車及救護車的通行，對公眾生命安全，造成很大的威脅，這應該是為政者最優先的考慮，也是筆者所不能理解的！

隨筆 20

支架的故事

筆者四十歲時，心臟病突發，經醫生診斷，「心」已經有所損壞，需立刻住院治療。檢測結果，兩條動脈阻塞，當年尚無支架治療方案，而是用氣球通到阻塞處，再膨脹打通血栓地方。

不幸的是，兩條堵塞的血管，氣球都沒有通過。也不希望做「冠狀動脈繞道手術」，決定與「壞心」和「壞血管」共存。

光陰似箭，一晃二十多年過去，中間也有過幾次胸腔覺得不舒服，但一咬牙，沒理會，也就過去。最後檢查結果，一根動脈已經百分之百從頭到尾堵塞，但頭尾兩端，各自生長出一根細微血管，成為天然通道，不過由於血管太細，已經無法安裝支架。

十年前，臺北榮民總醫院，決定可以由新生的細小微血管，進入主動脈裝支架，結果打通兩條動脈，裝了四根支架。

這次赴美探親，不料滯留該國期間，風雲突變，中美航班熔斷，有家歸不得，在各種情況影響之下，竟然居留差不多半年。因疫情影響，旅遊訪友，皆有不便，百無聊賴，唯一能做的事，就是去看醫生。

這時發現腹腔裏的血管瘤，又長大一點，動刀或不動刀，在兩可之間。心想「下雨天打孩子，閑著也是閑著」，當時醫生輕描淡寫地告訴我，就裝個支架而已！怎知進去手術房後，原定兩個半小時的手術，做了五個小時，封閉兩條血管，裝置五根支架。

目前走路帶風，體內九根支架叮噹作響，又是一條好漢。其實死生由命，富貴在天，「壞心」猶在，只要還能跳動，其他都不必計較了！

隨筆 21

專家與常識

讀大學時學的微分方程式、材料力學、流體力學等等學科，以及後來轉攻環境工程時，學的生物、物理、化學等各類學科，在就業後，都沒有用到。像一位老工程師對我說的：「你要用到的是常識，站在用戶的立場，顧及他們的需要及感受。」這句話，讓我一生受用無窮。

前幾年，有位老友對我裝修浴室的建議是：「最好用寬敞、弧形移動的塑膠布簾，而不是用玻璃門，因為老了，要坐下來洗浴。」當時是一笑置之，現在卻覺得他言之有

理。

其實，除極少數的科研工作者外，大多數在學校學到的東西，只能提供你理解世界上萬物、萬象的原理。而在實際運行中，無論是行為上、工作上、設計上，都千變萬化，但即使有所變化，唯萬變不離其宗，還是有跡可循的。

當然在專業的事物中，還是應該尊重專家的判斷，高樓橋樑的建設，不可能不聽從結構專家的設計；疾病治療，也不能不遵從醫生的意見；法規政策的執行，可以因人因地有所調整，但不能不遵從母法的精神，也不能違背科學的真理。

昨天看到新聞，目前出境或入境之前，都要在四十八小時內有兩次核酸檢查，困惑的是，如果在同一天內做兩次，結果會有所不同嗎？如果是分兩天做，則新聞、法令的發佈就不夠嚴謹，而且即使分兩天做，難道結果又會不一樣？如要精準，那最後二十四小時內的檢驗結果就可以，何必脫了褲子放屁，多此一舉！

隨筆 22

學車記

在美時，大外孫女已經拿到駕駛執照，並開車上大學，她妹妹也開始學車，唉！長江後浪推前浪，前浪躺在沙灘上，我因年紀老邁，反應遲鈍，被內人禁止開車，已經躺在沙灘上好多年了。

說到學車、開車，筆者倒是一把鼻涕，一把淚水，有好多往事可以述說。初到美國上研究院時，與同學三人合買一部舊車，每人五十共二百元，開始學車，連學習執照都沒有，就開車上路。

筆者開在鄉村的小路上，因別人超車，心中不服，開始飆車，結果因彎路轉彎不及，撞入別人家裏，幸虧外國學生顧問，將我保釋出來。當晚處變不驚，換裝後，趕赴有葦婷參加的舞會。

婚後以六百元，購入一部手排檔金龜車，首次出城，到外地去應工作面試，出公路時，因車速過快，把路旁的電線杆撞斷，車頭也眼歪、鼻斜的破相，此後開在路上，別的車都敬而遠之，非常安全。

有一年，孫伯母來訪，開車帶她出外時，車窗關不上來，外面下雨，她在車內，也要打傘，對她而言，應該是一生難得的經驗（孫伯母的公子，是五百強的公司駐華董事長）。

筆者四十歲時，也是開這部車，週末晚間去郊區釣魚，突然胸部絞痛，回家時，三五分鐘的步行路程，結果花了二、三十分鐘，連滾帶爬地，才能走到停車位。回程時，逢到下雨，雨刷又壞，於是一手把方向盤，一手伸到車窗外，滑動雨刷，最後總算安全到家。

這部車鞠躬盡瘁，以殘缺之身，與我共患難近十年，最後實在走不動，才黯然告退，以後筆者換過幾部車，也包括一些所謂的名牌車，但到現在記憶猶新的，還是這部老爺車。真的！車不在新，能開就行。年不在少，有用就靈！共勉之！

隨筆 23

過馬路

來上海後，我與內人爭吵的最大起因，就是過馬路，她是法律系畢業，凡事循規蹈矩，非綠燈不過，但真的綠燈到時，又因右轉車輛川流不息，只能原地等候。筆者腦筋靈動，富創造力，怎甘心墨守成規，所以常眼觀四處，耳聽八方，行到馬路中段，找個空隙，竄到對面馬路，回首一看，行不得也，哥哥！佳人仍在紅綠燈處，癡癡地等候，只好竄回對面，陪同等候，有時要三番五次，才能請動佳人的大駕。

有次在友人飯局中，談到過馬路問題，友人有車有司機，觀點自然不同，他說「如

果我們等行人先過，一輩子都轉不了彎。」貧窮限制了我的想像，人的立場不同，觀點自然不同。

早些年，那時我行年六十有餘，自認尚年輕力壯（？），有次在上海中山公園外，接受輔警輔導，與幾十人一起穿過馬路，說時遲，那時快，一部電瓶車突然橫衝直撞而來，幸虧老夫一個箭步閃過，反手一抓，把他拽停。定睛一看，是個二十幾歲的年輕小夥子，他聲色俱厲地責罵筆者起來，尤有甚者，最後竟然打我一拳，來而不往非禮也，加上利息，還了他兩拳。這時，眾人圍上來勸架，筆者見好就收，轉身離去，只聽到他還叫嚷著「今朝碰到個戇頭」，遺憾的是，因為手上帶個戒指，右手發黑腫脹了近一個月，慶幸的是對方不知，後來反思，這就是粗暴執法的結果，戒之、戒之。

這兩年，因為科技發達，天眼無處不在，交通法規得以更改，並可嚴厲執行，車輛轉彎，終於以行人為先。步行者再也沒有在十字路口的彷徨，我也改掉了橫穿馬路的惡習，也許駕車者，會多花幾分鐘在路上，但行人安全保障，卻大為提高，可見只要法規適當，任何問題，都可以迎刃而解，所要注意的是執行力度，必須依法依規，不可越權、粗暴，更不可投機、鑽空子，喪失立法的本意。

隨筆 24

我眼中的上海

上一篇隨筆中，提到過馬路，突然想起在南京路步行街，每逢節慶，人潮洶湧，不要說過馬路，即使行走中，也是夾在人群裏，不由自主地被推著走，不知在哪一年開始？在電視中看到，有武警或者是民警，在必要的十字路口，手拉手結成四條人鏈，逢紅綠燈時，成扇形移動，你開我關，保持道路暢通，真是了不起的想法，也可能是世界上的一個奇蹟。

抗戰勝利後，我隨父母住在南京，上海對我而言，是一個可望而不可及的夢幻地

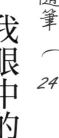

方。一九八五年，我第一次來上海，晚上在賓館高樓遙望，只見黑黢黢的一片，白天看去，也是灰濛濛的，建築高樓的吊車也只看到兩個，相比北京的幾十個，不可同日而語。

以後每兩、三年都有機會到上海，重心也逐漸擴散外移，有一次在虹橋賓館開會，就在該賓館，與隔壁的銀河賓館之間，吃喝娛樂，足不出戶的在裏面待了一個星期。當時百廢待興，遍地都是施工現場，有次在城中心，車行超過半小時，才走了一條街，是上海浴火重生的萌芽時期。

二〇〇三年移居上海，地貌是三個月、六個月一變，筆者有幸見證上海的青春成長期，看到城市一躍不僅可以比肩，甚至超過世界的頂級大都市。不單是在硬體方面日新月異，軟體方面的進步，也是有目共睹。你可以嚐到全世界的美味，欣賞頂級的藝術團體表演，林立的美術館，更呈現給大眾，古今各種形態、流派的藝術品。民眾對法治的認識，行為的規範，都有顯著的提高。

疫情開始，所有的進步都停頓，甚或倒退了，尤其是近幾個月各種奇葩事情，層出不窮，蜂湧而出，讓人目不暇接。昨天飯局，一個曾在上海居住十幾年的新上海人，顯示對上海沉重的失望。上海損失的不僅是停頓的建設，搖搖欲墜的經濟，更重要的，也最可怕的是累積幾十年的聲譽，與傷痛的人心，積家有如針挑土，敗家好似水推沙，唉！唏噓不已，夫復何言！

隨筆 25

皇帝的新裝

年紀大了，對名和利來講，是看淡很多（不是不想，只是看淡），靜坐常思己過，回想這一生犯過的錯誤，不知道有多少？但天下沒有治後悔的藥，痛定思痛，覺得對自己是沒有幫助了，但寫出來，也是給讀者諸君們一些借鑑吧！

到上海後，成為標準的「氣管炎」（妻管嚴），還記得當年岳母還在，有次內人返美，但岳母留守，有人笑說：「走了個武警，來了個公安」。事情演變到這種地步，也是其來有自，歸根結柢是當初悔不聽婦人之言，以前做生意時，不聽內人勸阻，一意孤行，終於落到一敗塗地的地步。一而再，再而三，等到醒悟，已垂垂老矣！於是只有逐漸放權，形成今日局面。一般來說，男人性格激進，女人保守，枕邊細語故可不聽，但正襟危坐時候的勸導，不能不聽，與諸君共勉之。

我兄弟姐妹七人，我是老大，加以生性倔強，養成獨斷專行的習慣，聽不得批評之言，凡事絕不信邪，一條彎路走到底，不撞南牆不回頭，結局可知！因個性如此，友人

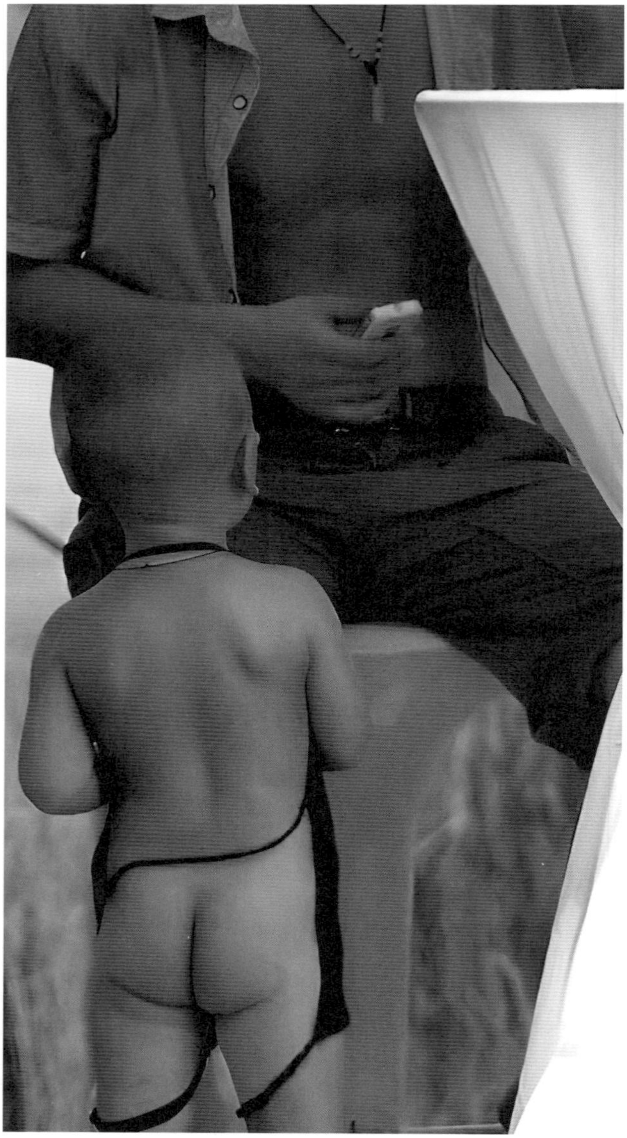

皆敬而遠之，故每次當面問人：「我小說寫得如何？」，回答都是：「不錯、不錯，難得、難得」，其實可能連我寫過什麼小說都不知道，卻讓我自滿自得，把自己幾斤幾兩都忘掉！

女兒們更不要說，從她們小時，筆者就以嚴父姿態出現，所以聽不到違逆之言，生涯規劃，大致按我設定的模式進行。大女兒在法律系畢業，取得律師執照後，沒有從事一天的律師工作，似乎是責任已盡，對我有了交代。直到現在，她們都四十多歲，才對我的政治觀點，採取曲線進言，有不同的反駁意思。

嗚呼！人生如是，實在可悲！皆由我個性造成，悔之晚矣！由此想到《皇帝的新裝》，當裸體出遊時，如果沒有人敢告訴真相，甚至聽而不聞，子曰：「舉直錯諸枉，則民服；舉枉錯諸直，則民不服。」如果將直言者入罪，鉗制別人的發言，則底層人民的聲音，都被忽視，只能呈現出自己醜陋的本體了。

隨筆 26

貧與富

我剛到臺灣就讀小學四年級，當時島內財政情況不佳，但社會安定。記得我就讀的小學，權貴子弟很多，校中規定，不能有汽車接送，包括時任行政院長的公子，都走路上學，立了很好的榜樣。對「不患寡而患不均，不患貧而患不安」，做了最好的詮釋。

隨著社會經濟發展，由於政策及現實向有財富者傾斜，終於造成富者愈富，貧者愈貧的現象，破壞了「不均」的要求。這是全球性的現象，也是今日世界社會動盪的一個重要原因。

「不均」不僅是在財富上的分配，也反映在社會地位上。美國的種族歧視，根本原由仍是社會層次在財富及地位上的差異。歐洲的社會治安每況愈下，為政者都歸咎於難民問題。即使是在北歐，社會福利政策良好，但難民卻總是處在底層的地位，因此而衍生社會問題。而非洲的動亂更是由於上層的貪污，造成廣大民眾民不聊生。

國內不遑多讓，二〇一九年北京師大的一項研究報告指出，中國有六億人，月收入不足一千元，但幸虧中國富豪特多，二〇二二年，在全球富豪榜中，中國以一千一百三十三位擁有十億美金企業家的數據，甚至超過美國，蟬聯全球第一。所以才沒有拖累GDP的成長。所幸者，當局已正視這個問題，並提出均富的要求。

「不患貧而患不安」，「不安」是因為缺乏公平公正的原則，造成「不均」而來，如何避免特權的巧取豪奪，達到「公平公正」的財富分配，才是真正的均富。

隨筆 27

權與錢

上篇隨筆說到貧與富，覺得意猶未盡，再談談富的由來。早年國人都深信「有土斯有財」，所以在電腦及互聯網的軟硬體產品發明、發展以前，百分之九十富豪是來自房地產的產業鏈中，即使在目前，擁有及控制土地和建築物的價值，仍然在富豪的財富比重上，佔據重要的位置。

再談談「富」是怎麼富的？如何賺到第一桶金？何以發家致富的問題？其實大部分的富豪，在原始資本的積累上，雖說是「有土斯有財」，但究其源頭，實際上應該是

「有權斯有土」。從資質的取得，批文的發放，資金的獲取，到建築執照的容積率、樓層等等，各項指標的批准與執行，都需要主管部門的「配合」，當一小撮人得「天」獨厚，取得第一桶金後，從此「權與錢」構成不可分割的關係！

權力的權威是建立在分配、批准、監督或執行，所依據的強制性法規上。約束越多，「權」的重要性就越顯現。上至貪官污吏的財富累積，小至城管的粗暴執法，再再都顯示權錢的交易和權力的濫用。

最近，上海疫情時期，有個很有趣的視頻，某管理員，對來詢問的居民說：「再說，把你抓出去槍斃」，雖說是激動時的語言，但權力傲慢的影子，表露無遺。還好他管的人員有限，否則豈不是要屍橫遍地？

小人不可以得志，子曰：「道之以政，齊之以刑，民免而無恥。」在現今社會中，這裏的「民」應該指的是「吏」，更為恰當！「吏」只要能利用法律，或鑽法規的漏洞，以求可以「免」刑，則成無恥之尤！

隨筆 28

三年時間

這次疫情雖然還沒有完全結束，但民眾生活已逐漸恢復正常，從頭到尾算，有三年時光。年輕人說：「浪費了我寶貴青春的三年」；老年人說：「在我餘生不多的生命中，又減少了三年」。老年人的三年與年輕人的三年，誰更珍貴？

筆者年輕時候，揮霍最多也最不珍惜的就是時間，左三年，右三年，渾渾噩噩又三年，從讀書玩到就業，同學們是三十而立，我是三十，還再臥，實在混不下去了，才一窮二白的到了美國，開啟另一段人生。所以對個人而言，三年的青春浪費，是早有經驗。

一晃到老年，開始覺得時不我與，有同時間賽跑的感覺。可是當別人問你有沒有時間的時候？你發現現階段，在此時此刻能付出最多的就是時間，但長期而言，能給予最少的也是時間。

上海紐約大學，今年畢業時，同學們在四年的學習中，三年是上網課，將來同學聚會，可能相逢不相識。這三年，對年輕人來說，不論是校園內外，都是減少了他們享受青春的時段。對老年人來說，是在生命的過程中，不知不覺地留白了三年。只有對中年人而言（此處中年人，是涵蓋全部上有老，下有小，在精神及物質上，要負擔責任的各種年紀人群），則是沉重的打擊，和不可磨滅的記憶。推而廣之，對小微企業，甚至大企業，幾乎是致命的傷痛，涉及的打擊面之廣，損害之深，非親歷其境者，難以想像。

富人太閒，窮人太忙，時間雖對每個人的意義不一樣，但流逝的年華，對任何人都是珍貴的，每個人因處境不同，感受也會不同，如何把握當下，展望將來，是對我們大家的期許，共勉之！

隨筆 29

專才與通才

最近一家很好吃的餐廳關門，讓筆者感到很困惑，因為廚子的手藝很好，餐廳經常客滿，後來才知道，原來是廚子跟經理處不好，所以甩鍋走了。其實類似這樣的例子非常多，餐廳的廚子是專才，經理則是通才，一家好的餐廳一定是專才通才兼備，如果通才的管理不好，導致專才不受尊重，或專才的跋扈，造成通才的捉襟見肘、寸步難行，都是餐廳營運的難題。

如果只是廚子和經理的矛盾，還是可以調和的，但加入一個第三者——老闆，事情

就更為複雜，老闆或者是出資者，既非專才也非通才，卻頤指氣使，發號施令，餐廳能夠經營下去，恐怕是難上加難。以前曾有這麼一位仁兄，在美國打工多年，對餐廳事物是內外兼修，出將入相，沒有不會的，後來他自己出來開餐館做老闆，一敗塗地，在最繁忙的用餐時間，食客盈堂時候，突然廚房及侍應生全體辭職，讓他欲哭無淚，就其原因是他做老闆後，太摳門，員工的付出與勞務所得不能匹配，才導致這個結果。

其實專家有真專家也有假專家，管理者有好的，也有壞的，如何用好的專家、好的經理，就是老闆的責任。

企業經營何嘗不是如此？專家也好，管理者也好，但都掰不過出資者或者是股東的意願，因為「利」字當頭，老闆受格局所限，常常只求近利而忘大局，甚至因個人的私心而執迷不悟。大海航行靠舵手，此次在疫情中也可以看得到老闆、管理者及專家中間，錯綜複雜的關係，承受的卻是廣大的顧客，悲情一歎！

隨筆 30

變臉

因為兩個外孫女喜歡看川劇的變臉，所以他們每次來華，我都會安排一場，觀賞變臉的餐會。以前上海只有一家餐廳有這表演，後來又多了一家，我當時用高速相機，還是沒有找出變臉的破綻來。

原來變臉的技巧是不外傳的。劉德華有一部電影，描述變臉的藝術，聽說劉德華也拜師學會這技藝（傳言），再後來變臉就遍地開花，隨處可見！據傳是一層層很薄的皮面，用線牽聯，扯一次，換一張，不知是否為真？我用幾千分之一秒的速度也沒有拍出個結果，手法之快，出人想像，有次記憶中好像在回到本來面目後，還可以再變一張，如果記憶無誤，那真是匪夷所思了。

因為大學畢業後，一直在美國工作數十年，體認到變臉藝術，西方也有，以前在美國公司供職時，有位同事在我面前，說的是一套一套，轉眼看到上司，可以馬上一百八十度轉變，當面否認前所敘述一切，雖然還是原來面目，但面不紅，耳不赤，馬上是另一副嘴臉。後來我發現公司中，像這樣的同事還不少，而且都身居高位，原來西方的變臉技術，更技高一籌。

西風東漸後，國人似乎融合了，東西方的長處，表演更是爐火純青。在這次疫情中，從上到下都有不少精彩的演出。好在觀眾們心知肚明，就以熱烈的掌聲，結束這場戲吧！

隨筆 31

臉譜與面具

講到變臉，就不能不談談臉譜與面具，臉譜是在演員的顏面上，用不同的顏色、圖形，勾畫出人物的性格；面具則是預先畫在某種材質上，到時只要戴上就可以表演的道具。變臉是一瞬間的事，而臉譜與面具是比較長期的。

在中國戲劇中，面具與臉譜是交替、混合使用的。京劇的生、旦、淨、丑，除加官、財神等等少數角色，還戴面具外，都是以臉譜來表現人物的性格，和戲劇中的地位。地方戲劇中，如貴州的「地戲」；江西、安徽的「儺戲」；西藏的「藏戲」，都以

面具代替臉譜。日本「能」劇中的「能面」及歌舞伎中的「隈取」，與中國的面具和臉譜是異曲同工，都是用顏面分辨忠奸。筆者在印度時，見當地的古戲劇「卡塔卡利」表演，也是類似的形象，用面具和顏色，裝飾不同的角色。

面具也好，臉譜也好，開始時都比較簡單，然後由簡入繁，表現不同的人物性格，使得舞臺上只要看到他們的顏面，就知道這角色的忠奸美醜，一目了然。觀眾們的喜怒哀樂，又就隨著劇情的起伏變化，與角色們情感交流。

現實生活中，大部分人起床後，就開始畫著臉譜，或戴著面具，有的人是素面上陣，只略微勾畫一下；有的人則濃墨重彩，甚至帶著預製好的面具上場，直到夜晚卸妝上床，才能夠還他本來面目。

其實每個人略加修飾，將自己最好一面，呈現給社會，是無可厚非的舉動。人之初，善惡兼備，總以最好的面貌，面對他人，久而久之，未嘗不是讓人心向善的舉動。怕的是人前一面，人後一面，就像有段子說，官吏問進城的老農，你看哪個是壞人？老農的回答是：「沒看到白臉的曹操，個個都是好人」。

在現今社會中，看到不少人，人前都是冠冕堂皇，說教是頭頭是道，可是骨子裏骯髒齷齪，唉！好人壞人越來越難以分辨，似乎現實生活中，人間面具又由繁入簡，呈現出幾乎相同的面貌，臺詞也一樣了。

隨筆 32

無恥之尤

最近看到一個帖子（文章）是西安兩個學生白嫖（網路用語，指不花錢就得到原應付費取得的事物）的故事，兩個女生請槍手代寫畢業論文，完工後威脅要舉報，除了要求槍手退款外，還勒索封口費，否則去平臺舉報，砸掉槍手的飯碗（收款代寫論文是不允許的），所以槍手是賠了夫人又折兵。

文中無獨有偶的，提到另一個故事，在政府不准課外補習時，家長托雙方認識的熟人，轉介學校老師，到家替她的雙胞胎小孩補習，課業補習完成，並如願被高中錄取

後，家長以舉報為由。不僅拒付補習費，還收取了老師及那位熟人，送給他們的封口費，儘管如此，家長還是舉報了老師，在做筆錄時，家長不僅大言不諱地承認了這個事實，還認為補習就應該是免費的，但即使免費，卻在收取老師及介紹人的禮金後，仍然舉報，跌破所有人的眼鏡。

古人說：「衣食足而後知榮辱」，兩個例子的主人翁，都不缺衣缺食，卻道德淪喪至此，破除了做人的底線。槍手及老師固然有違法，但卻是被西安的大學生，及雙胞胎的家長，主動要求而接受的差事。在道德上的瑕疵，比大學生及家長要好太多太多。

如果見到有人違法，能夠大義凜然，不計報復後果，挺身而出，我一定給他一個大大的讚，但誘使他人犯罪，在享受犯罪的成果後，再行舉報，卻認為是理所當然，這就是小人的舉動，真是無恥之尤！

兩個學生如果受到學校懲罰，開除學籍的話，即使她們專業程度再強（是無人機編碼，人工智慧方面），也沒有企業主敢雇用，可說前途盡毀。而那位家長如此教育她的小孩，將來到社會上也是禍害，這些人渣就是老鼠屎，成為擾亂社會秩序的根源。

註：剛看到消息，兩位大學生只受到留校察看一年的處分，這兩個學生，不僅僅是作弊的問題，而是缺乏做人的基本訴求。這樣看來，學校教育出這樣的學生，要負很大的責任，難怪現在學風敗壞，道德淪喪。

隨筆 33

面子

《老殘遊記》中破落的八旗子弟，假裝拍桌子，把嵌在桌縫中的芝麻，彈出桌面，然後用障眼法吃到嘴裏，雖然是小說故事，但將好面子的心理，形容得淋漓盡致。

以前在美國時，也有許多人開著色彩鮮豔的豪車，身上掛著一大串金鍊，衣服非常絢麗奪目，其實本人並沒有正當職業，但因為種族，或者是其他的歧視原因，住在貧民窟，只有將所有收入，都裝飾在自己身體上，也是另一種炫耀，是極端自卑反映出來的自大。這類型的人是極端自私，金玉其外，敗絮其中，只會突出個人，沒有群體觀念。

許多人評論上海人好面子，不論現在家境如何，出門一定要正衣冠、重體面、講排場，不過仔細想想，這何嘗不是對客人、對大眾的一種尊重，無可厚非。

好面子不是一件壞事，「典衣沽酒款賓客」是國人好客的表現，所不同者，是這面子常常不僅顧及到個人，也因為顧及到家庭顏面，甚至延伸到家族、國家，是修身、齊家、治國、平天下的格局，不過只要量力而為，何樂而不為？

但好面子也是一把雙刃劍，有得就有失，甚至產生反效果，譬如為面子而失去裏子，為虛名而喪失實質，得不償失，如果這損失是個人承受還好，但禍及家庭、家族或國家，這面子的損壞就大了。

要面子的反義詞是滬語的「不要面孔」，也就是「不要臉」，人到不要臉的時候，就沒有什麼不敢做的事，睜著眼睛說瞎話、顛倒黑白，都是不要臉，當禮義廉恥置諸腦後，則貪官污吏，甚至賣國漢奸，都不是奇怪的事了！

隨筆 34

規劃

一九八五年，我成年後初次回到中國，與北京市政府，討論污水處理問題，發現只有在高碑店，有一個很小很小的處理廠，但是該市的下水道卻很完善，究其原因，是早有規範的結果。二〇〇三年，我到上海城市規劃館參觀，該館將短期、長期的規劃，都明顯的顯示出來，讓觀眾參考。現在中國不論是二、三、四線城市，基建完善，都是寬闊的馬路，宏偉的建築，在市政建設方面，面目一新，這就是長期規劃的結果，也是主政者高瞻遠矚的成就。

中國在交通，電訊方面的投資，也很巨大，飛機、鐵路、公路、地鐵的四通八達，網路之無遠弗屆，幾乎是村村有路，戶戶通網，近三十年的建設，超過許多國家百年的積累。但隨之而來的都市病，也逐漸顯現，空氣污染、塞車等等，不過由於規劃得當，

病症略輕而已。所以未雨綢繆很重要，像這次疫情，如果籌劃得當，起碼居民生活無慮的話，後遺症會少很多！

在許多三、四線城市中，甚至，在村鎮裏，公路都是四線、六線甚至八線，將堵車的問題，減至最輕。在新能源車的推動上，也是世界第一，可望在空氣污染及減排上，起到舉足輕重的作用。不過最近政府在推動汽車下鄉，每部車津貼一萬元，對經濟復甦，尤其是車企，可能會起到一定的作用，不知道將來在鄉鎮裏，會不會碰到堵車的問題，就像房子永遠少一間，道路的寬度，也是永遠少兩線。

但最近網上最熱門的一條新聞，是深圳的一部賓利車的車主，與勞斯萊斯的車主，為爭車位鬥氣，甚至鬥毆的視頻。賓利的車主號稱是某國企書記的夫人（實際是女朋友），號稱家裏有五十部賓利，勞斯萊斯的車主，自然也是大富之人，基本上這就是貴與富的鬥爭。究其原因，似乎是開發商一位兩賣（或租），所以公說公有理，婆說婆有理，誰都說不清。再往深層想，開發商固然有錯，但缺乏適當的規劃，才是根本的原因。

「明足以察秋毫之末，而不見輿薪」，以前公寓建設時，沒有考慮到停車的問題，就產生如同深圳發生的鬧劇。現在還沒有到每戶一車，如果將來每個家庭，都有兩部甚至三部車的時候，馬路、巷道就成為停車場。

車子多了，停車位的問題，也是個世界性的難題。七〇年代，我們有次到紐約華盛頓廣場的餐館吃飯，結果繞行一個半鐘頭，找不到停車位，是一次慘痛的經驗，現在上海也已經出現類似的問題，這只有靠公共交通來解決。臺北的公車系統非常優異，所以許多朋友都寧願不開車，省去停車的麻煩。

好在科學進展的速度，超過規劃中的預測，人工智慧的發展，使無人駕駛成為現實，也許不久的將來，路上行駛的都是適應個人需求，但無人駕駛的公共交通工具。對車企而言，「你贏了對手，卻輸給了時代」。

隨筆 35

貴人

我六、七歲的時候，因為戰亂關係，移住鄉下，因沒有正規學校，在私塾裏學習了半年。老師一位，童子六、七人，年齡最大的有十七、八歲，我最小，老師不在的時候，年紀最大的那位同學，抽香煙後，有時向我的頭頂吹氣，看煙霧從我的頭髮中冒起，以此為樂（現在中間頭髮稀少，不知道是不是這個緣故）。每位同學讀的書都不同，學習內容就是識字與背書，不會背？老師有戒尺伺候。

在私塾時讀的書，並非《三字經》開始（野狐禪的三字經，是我進高中以後才學的），書名不記得，只知道都是五言一句，現在除「施人慎勿念，受施慎勿忘」，一句話外，其他都忘了，這也是我一生受用的準則。年紀越大，對這句話的感受越深。

筆者一生顛沛起伏，有時走到絕境，但都幸虧有貴人相助，化險為夷，平安度過。我在隨筆22〈學車記〉裏面，提到因飆車而出車禍，賠光下學期所有學費。因密州就讀

學校沒有工科，只能轉學，當時有幾個學校可以選擇，後考慮德州學費便宜，打工機會多些，決定轉到德大阿靈頓校區。

在搭同學便車赴德州時，中途發生意外，車全毀，我身無分文，幸虧遇到貴人（一）——一位同搭便車，剛認識的同學，借給我四十元，才能買張灰狗車票到學校。

抵達車站後，人生地不熟，車站關門在即，叫天不應，叫地不靈的情景之下，情急智生，就在電話簿上，找到像中國人姓名的，四處求救。在一次次的絕望後，萬般無奈地找到貴人（二）——我的系主任，經他安排，當晚在學校宿舍過了一夜，解決燃眉之急。

第二天清晨，就到校外尋找一位，經友人輾轉告知，尚未見過面，但對我一生中最重要的貴人（三）——老友劉英毅兄。後來發現劉兄的大舅子李昇雍還是我小學同學。英毅兄不僅收留我，而且還把他的洗碗工，分一半時間給我，使我暫時生活無慮，才能開啟後半生的生涯。所謂天無絕人之路，在以後的經歷中，每到絕境總是柳暗花明又一村，遇到貴人，就不在本篇詳述了。

俗語說：「受人點水之恩，定當湧泉以報」，可惜的是，借款給我的同學，是到奥克拉荷馬州就讀，還款給他後，失去聯繫。系主任在我正常上課後，幾乎沒見過。英毅兄畢業後，遷居達拉斯，妻賢子孝，生活美滿，不幸幾年前駕鶴西歸，所以泉湧出來，也沒地方流了。

筆者一生無信仰，但相信善有善報，惡有惡報，只能祈禱這些貴人家庭平安健康快樂。同時這兩年中，也耳聞目睹不少光怪離奇的事件，唉！善惡到頭終有報，只是時辰尚未到，大家好自為之吧！

隨筆 36

再讀私塾

在我年近耳順的時候，再度成為私塾的學生，那時在美國休斯頓的蔡興濟老師（原臺灣輔仁大學中文系教授，學生有張大春等），在自宅開班授徒，除免學雜費外，下課後，還款待以其自行烹調的牛肉麵等宵夜，有這等好事，筆者自然不會放棄，乃欣然註冊，成為該班最忠實的學生。

該學堂與筆者幼年時所讀的私塾，教學方式及內容皆有不同，題材係學生等共議要求：《論語》、《詩經》、《莊子》等等，後來旁及詩詞及小說，即從此，筆者開始涉獵格律詩創作。同學中有德州農工大學化學系的唐一怒教授（該校首位華裔教授），宣導設立小說班，班上每人每月需交一篇創作，交由同學們研討批評，這就是我開始寫小說的源頭。

幼年時及近老年時，所讀的私塾，形式上雖有不同，但都是以國學為主的小班教育，老師得以傾注心力，因材施教。筆者在聽《詩經》及《莊子》時，常有晝寢之舉，先生不以為怪，知我力有未逮也！

在國外時，有家長認為學校不能給與其子弟最好的教育，或為避免在學校受到壞的風氣影響，乃在家自行

施教，這是另一類型的私塾。家長們即使本身才學兼優，結果子女在學業上，或能有成，但在德智體群的全面培養上，總會有些缺憾。

大外孫女去年申請大學時，沒有申請加州大學的柏克萊分校或洛杉磯分校，而是去就讀加大的聖塔芭芭拉分校。問她理由是：太大的大學，有些熱門課程，有幾百人甚至千人的大課堂，不容易同教授交流，而且很多時候，不容易註冊到理想課程，影響畢業年限，所以班次的大與小，都各有其優劣點。

其實學校或班級的大小，並無所謂，重要的是教材的選擇和學生的吸收能力。臺灣二十年的教改結果，轉變了所有的學生思想傾向，再看看國內的毒教材事件，真是不寒而慄！

隨筆 37

蹭飯二三事

筆者生於抗戰時期，隨父母遷臺灣後，當時社會仍拘於節約克難情況，所以很少有正式去餐廳吃飯的機會。記憶中有三次，一次是幼年時，隨父母去鹿鳴春吃烤鴨，已經不記得是為什麼；一次是陶桂林老師大壽，隨家嚴去賀喜；第三次是我兄弟三人，都在成功大學就讀，父母途經臺南，就在羊城小吃請我們及同學吃了一頓。

讀大學時，學校伙食每月一百五十元包三餐，千篇一律的菜單，煮熟之肥肉一片，包心菜若干，或一勺熟番茄（無肉），油水欠缺，偶爾可以揩友人之豬油，拌飯加菜。

當時常與三朋四友去高雄玩，中午就在吳劍征同學家蹭飯，他家因措手不及準備，多以麵疙瘩招待，還有次去崗山，尚龍兄令尊——賴琳伯父榮升少將，也趁機大吃一頓。火車坐多了，汪立岩兄就把握時機，最後迎娶飛快車小姐，成就美事一樁。

大學畢業回歸臺北後，家中時有同學來往，成了別人蹭飯的對象。赴美留學後，在紐約打工時期，已與葦婷交往，厚著臉皮就每天在女生宿舍蹭飯，無功不受祿，投之以瓊瑤，報之以桃李。就替她們到中國城背米回宿舍。

結婚後，我們是少數已婚學生，每到週末，必有同學來蹭飯，有次某位同學來早了，看我們還沒起床，就說等等再來，都是當時的趣事。葦婷善廚藝，後來岳母搬來與我們同居，她更可稱美南第一名廚，於是賓至如歸。葦婷又加入美南大專校聯會活動，同時在家中有舉辦之小說班、太極班等，又得地利之便，各路英雌英雄彙集，所以隨時開門迎客，賓主盡歡。

在美國八〇年代時，筆者供職某市的市政府，主管該市絕大部分的污水之排水及處理工程，因屬市政工程，每項金額都是以美金千萬計，所以設計的顧問工程公司，與市府工程部門，常要互相來往，商討設計或施工細節。

我的主管家裏信仰印度教，只能吃素，他每次到顧問公司去的時候，都儘量拖延到吃午餐時間，然後可以到外面大快朵頤，餐後也三言兩語結束，把問題留到下次討論，也是另一種類型的蹭飯。久而久之，大家都知道他的習慣，後來外面的設計公司，都儘量約不是飯點的時候來。

前幾年與友人聚會時，有同學以前在顧問公司服務的，讚賞我從來沒有這個惡習，他不知道我每天中午，一定同葦婷一起午餐，非不為也，乃不敢也！也免了我被別人指著後脊梁罵的事故。

這次疫情期間，因朝令夕改，許多人準備不足，沒有多餘屯糧，有友人只說自己不餓，好把食物省給小孩吃，聞之心酸。而孤獨老人無人照料，再加上被封屋內，沒法蹭飯，處境可知，悲哉！悲哉！悲哉！

隨筆 38

視頻呀！

昨天部分附中同學，在臺北聚餐，我因為過幾日要到醫院檢查，遵醫囑，不能參加，至為遺憾！沒想到在晚上聚會中，他們打開視頻電話通話，我猝不及防，竟以本來面目見客，事後思之，懊惱不已！

人要一張臉，樹要一張皮，所以臉皮很重要，尤其是我，既沒有像別人那樣的俊朗外表，更加上年紀老邁，髮蒼蒼，視茫茫，齒牙動搖，不得不後天修補。雖不能塗脂抹粉、裝假睫毛，但起碼要正其衣冠，略加裝飾，以示對客人的尊重，留給別人一個好印

象。

現今科技發達，一日千里，有位老中，以「Zoom」視頻會議軟體，趁著疫情期間，全球需要的情況下，賺得盆滿缽滿，造福了許多利用該軟體的各類人群，商務會議、親人聯繫、情人表白等等，但卻引起一人不快——就是在下，因為不願意以真面目示人。

《禮記》中以「禮義之始，在於正容體、齊顏色、順辭令」，教導大家最重要的就是要正容體，然後才可以「齊顏色、順辭令」，端正態度與言辭得體，所講究之顏色，辭令是後天修養的問題，但束髮正冠，是每天可以做到的。

最近有個視頻顯示，一位高管在疫情期間，參加商務會議時，隨著封閉時日增加，著裝越來越隨便，鬍鬚頭髮也不再梳理，前後判若兩人。筆者友人，曾為電視主播，螢幕前，上身是西裝筆挺，正襟危坐，臺面下則短褲拖鞋，隨性為之，也是正衣冠之另一種形象。

其實現在照片，甚至視頻、影片都可以美顏、剪輯，所以眼見不一定為真，臺上說的話，跟臺下做的事，可能是兩碼子事，我也無需為以真面目見人，感到不好意思了！

隨筆 39

穿衣（一）

童年時侯穿什麼衣服，已不復記憶，只知道在冬天時，棉衣棉褲裹著像個粽子，那時候的鞋子都是自己家中縫製，尤其是鞋底密密麻麻的全是針孔。到臺灣時已經是小學四年級，學校似乎沒有要求穿制服，鞋子仍是布鞋，一樣的鞋底。但在竹北讀書時，班上許多同學打赤腳，鞋子掛在身上，在進出校門，準備校方檢查時候用。

初中有球鞋穿了，是前面有塊黑膠布包的回力鞋，記得有次兩個同學吵架，有位同學說：「明天我穿雙皮鞋來踢死你」，原來皮鞋可以做打架工具，可惜一般同學都沒有這件武器。初三時，母親帶我到中國皮鞋公司，買了我生平第一雙皮鞋，豬皮的，但高中時的打架，皮鞋已經不頂用了。

中學也必須穿制服，因為兄弟三人，所需制服頗多，所以母親買臺縫紉機，不縫鞋底，改作制服。每次買一匹布，量身定制，衣服破了，則剪塊布，打個補丁，連襪子下

面都加布底，延長襪子壽命，真是縫縫補補又三年。

這情形直到高中時才加以改善，不過那時年少輕狂，已經知道要追時髦、趕時尚，所以大背頭、喇叭褲，頭上戴的大盤帽，都要折折弄弄，顯得與眾不同，皮鞋跟上還釘塊鐵片，走路噹噹的響，自鳴得意得很！多年後，碰到一位高中同學，見面時首先問道：「你還穿喇叭褲嗎？」讓我面紅耳赤，不知何以為答！

大學時，學校統一製裝三件套，青年裝、西裝、短袖襯衫，雖然學校並沒有規定要穿制服，但有位同學，寧缺毋濫，就把這三件衣服掛在牆上，每天選擇較乾淨的一件穿，周而復始，直到學期結束。

大學時，筆者兄弟三人在同一學校，宿舍緊張，就在外面租房而住，一張雙層竹床，一張單人竹床，好處是南部天氣熱，不需要床單，也不要蓆子，就竹榻而眠，省了不少麻煩，壞處是睡上層的，床搖搖晃晃，嘰嘰喳喳作響。也是另一番經驗，洗衣則非肥皂（洗衣粉廠牌名）泡泡，略加沖洗曬乾，循環穿著，比那位同學略勝一籌。

這次疫情來往旅途中，必須隔離，斗室之內，未備洗衣機，舊夢重溫，再享手洗衣服之樂（？），不過略有進步，用的不是洗衣粉，而是洗衣液。友人裘國英君，發明國英洗衣法，即將內衣穿在身上，淋浴時連衣服一起洗了，脫下後，稍加沖洗即可，筆者聞後，向他建議一個加強版，就是反過來穿，再洗一次，內外兼修，再無遺漏，讀者諸君，以為然否？

筆者赴美後之穿衣，將在下篇詳述。

隨筆 40

穿衣（二）

剛到美國留學時候，腰圍是二十八吋，還特地做了兩套西裝，兩雙皮底皮鞋，結果學生時代，一直在廚房洗鍋洗碗，不但用不著，且皮鞋皮底太滑，容易摔跤，而浸水後，都成「開口笑」，可謂慘痛經驗。

做廚房工的好處，是不會挨餓，壞處是腰圍開始增長，襯衫可以湊合，褲子則全部報銷，西裝更不用說了。早知如此，應該跟小孩子買衣服一樣，都買大一、兩號的。

七〇年代，美國反越戰最盛的時候，「嘻皮」開始流行起來，留長髮，穿破爛，到處流浪，與國人所遵從的「君子正其衣冠，尊其瞻視，何必蓬頭垢面，然後為賢？」背道而馳。流風所及，全球都有了嘻皮的影子，加上披頭四、搖滾樂，都成為流行文化。

筆者常自稱「張嬸嬸（省省）」，因出身貧寒，一絲一縷都思來處不易，所以三、四十年來，舊衣累積不少，加以又是個懶人，從來只拿面上的幾件衣服穿，所以舊衣如新，更捨不得丟了。好在流行，無論男女，都是循環的，像領帶由窄會慢慢變寬，又由寬慢慢變窄，褲子也是如此，緊身變鬆大，再由鬆大變回緊身，雖然有時褲子像裙子，

或者裙子像褲子，好在萬變不離其宗，褲子還是褲子，裙子還是裙子，所以衣物只要留得夠久夠長，終有再見天日的一天。

可惜的是，流行的變化，趕不上筆者身材的變化，腰圍由二十八、三十、三十二，到幾乎三十四，筆者也曾努力減肥，削足就履，想將就時尚變化，但事與願違，勞而無功，只有等商店的清倉大減價時，再去掃貨了。

我在顧問工程公司供職時，因業務所需，公司規定一定要西裝革履，與古人所言「君子正其衣冠，尊其瞻視，儼然人望而畏之，斯不亦威而不猛乎？」不謀而合。其實中西所見略同，上海人所說的「老克勒」，何嘗不是如此？

退休移居上海後，「無利不起早，無事不著裝」，本不需要再講究穿著，只有在友人聚會時，不要坍臺就好。最近找到一條牛仔褲，經多年穿用，已破舊不堪，膝蓋處都絲絲見肉，同現在流行的破褲相似，可是穿上後，被內人恥笑（不是外人），嗚呼！才知道歸來不再是少年，不能再趕流行時尚了！（如友人需要時尚之破舊牛仔褲一條，請連絡我，免費贈送。）

隨筆 41

再談穿衣

這次在唐山打人事件中，有一件衣服出了風頭，是一名施暴者穿的，英國龐克品牌Boy London，這牌子一件汗衫五、六百，一條休閒褲子是一千多，雖然比不上深圳停車位，那位賓利姐的三千元內褲，但與筆者穿了十年的十元內褲相比，真是天上地下，沒有相比性，貧窮限制了我的想像。

這就想到一個問題，穿衣固然要講品味，但內涵尤其重要。《禮記》裏說：「禮儀之始，在於正衣冠」，所以正衣冠只是學習禮儀的開始，沒有內在的修養襯托，再好的

名牌，也只顯露出自己的粗鄙，像這名施暴者，那更是衣冠禽獸了。

最近很火的北大韋神，韋東奕，是位九〇後的教授，他衣著普通，遇到記者採訪時，還拎著一袋饅頭，沒有名牌的炫耀，但他在數學上的成就，卻不是一般數學學者，可以望其項背。子曰：「質勝文則野，文勝質則史，文質彬彬，然後君子」。只要他衣冠簡潔，這就是君子。其實不必相比這些特定人士，就以上海的老克勒為例，著重的不僅是其穿著打扮，而是他代表老上海的那些精神面貌。

「以銅為鏡，可以正衣冠；以古為鏡，可以知興替；以人為鏡，可以明得失」，今天的穿著，所表露的不但是外表，更應該反映出個人的修養與人品。

隨筆 42

聞友仙逝有感

前兩天驚聞一位老友逝世，他住在昆山，以前他每個月從昆山坐公車、地鐵等趕到上海來，我們一起喝個下午茶，他再坐公車地鐵回昆山，每次交通時間就要花掉三、四個小時，後來有一陣子沒來，我因為換手機，跟他失去聯繫。直到去年十月，幾經周折，才找到他，到昆山又喝了次下午茶，才知道他已經三次中風，現在行動不便，跟外界幾乎沒有聯繫。

我答應他，只要我在上海，每個月都會去看他一次，但我十一月赴美探親，原來預

計三個月的行程，不料到現在都滯留在外，回不了上海，上次會面成為最後的訣別。

友人年輕時血氣方剛，叱吒風雲，大學畢業後從事外貿生意，也做得風起雲湧，事業有成。但後來一單生意因判斷失誤，一蹶不振，以後輾轉江蘇昆山、河北廊坊等地，都欲振乏力，終未能東山再起。

友人性格豪爽，仗義疏財，為朋友兩肋插刀，在所不惜，但其成也朋友，敗也朋友，後來之失敗，與他識人不明大有關係。子曰：「益者三友，損者三友。友直，友諒，友多聞，益矣。友便辟，友善柔，友便佞，損矣。」問題是你以為「友直，友諒，友多聞！」結果是反其道而行，是損友。

「無友不如己者」，是假設每個朋友都比你優秀，但如果你沒有判斷力，「友多聞」是假的，則你個人一定要比他更「多聞」，才能分辨真偽，所以「有直，有諒，有多聞」，是對自己的要求，才能區分曲折，明辨忠奸。

「聽其言，觀其行」，是判斷一個人真偽的最好工具，如果說的是一套，做的又是另一套，這只能欺騙於一時，無法隱瞞一輩子，蓋棺則可以論定矣！

隨筆 43

K歌（一）

今天去臺北市區，回來搭載計程車時，遇到一位非常有趣的司機，他從一九六九年起，就是位專業吉他手及歌手，近年改開計程車後，週末還是到醫院做音樂義工，撫慰癌症病人。前排座椅後面，掛的都是他以前演唱剪報，一路彈彈唱唱地送我們回家。因為這，讓我想起一些K歌往事，寫出來與大家分享。

中國是禮樂之邦，「子在齊聞『韶』，三月不知肉味，曰：『不圖為樂之至於斯也！』」所以孔子聽了「韶」音後，可以三個月都不曉得肉的味道（當然，也可能是被封閉，三個月都看不到肉）。但到現代，似乎國人都被壓抑久了，多數人都不敢當眾唱歌表演（以偏概全，這是我個人推己及人的結論）。

我有個破鑼嗓子，但不能怪父母的基因不好，兄弟姐妹七人，我是老大，後來發現越後生的，嗓子越好。我仔細研究這原因，可能因我是頭胎，比較寶貝，不大讓我哭，排行越後面的，父母越有經驗，隨你哭鬧，所以從小就有吊嗓子的機會。反之，一個天才歌手，就因為出生早，被埋沒了！

讀小學時，全班同學差不多都被選上，參加合唱團，只有我同兩、三位同學，被留下來看守教室。這次的打擊，讓我從此不大敢開口。

中學六年，上音樂課時，我就得自閉症，只有「默默」陪伴著我。但高三畢業時，音樂要「唱歌」考試，當時我站在琴旁，故意離琴稍遠，拿了音譜遮住臉，請同學蹲在鋼琴下面（該同學已功成名就，姑隱其名），替我唱完過關。

大學時的課外活動，別的同學都是打麻將、打檯球，我則在睡覺中，讓「靜靜」陪我。等到考完留學考試，參加金山訓練營，才告別「靜靜」與「默默」，有了第一次開口的機會。

「青海青，黃河黃，更有那滔滔的金沙江」，就是在該訓練營學會的。以前國人都存謙遜之心，不大敢出來表演，訓練營除教導學生，到國外注意的事項及禮儀外，同時激發國人內在的天賦，在適當場合表現出來。訓練營結束後，這才發現中國人，原來並不畏懼唱歌，膽量就磨練出來了。惋惜的是，因為來美國後，上學期間，課餘一直都在廚房打工，不敢練習，而就業後，從沒有過同樂晚會，所以「靜靜」、「默默」繼續陪伴著我。

真正出來「獻唱」，是女兒們讀初中以後的事，篇幅過長，後面更精彩，且容待下回分解。

隨筆 44

K歌（二）

《詩經》裏記載：「心之憂矣，我歌且謠。」，謠就是裸歌，不用樂器來伴奏的歌曲。因為當時的普羅大眾裏面，很少有人會玩樂器，除非是士大夫的知識份子，或者是歌舞伎，所以唱歌少，民謠多。

筆者童年時，電臺裏聽到的都是歌星唱歌，後來有電視後，臺視的《群星會》，更是將歌聲傳播到家家戶戶，再發展到凌波的《梁山伯與祝英台》，在臺灣家喻戶曉，街頭巷尾隨處都可以聽到，「梁祝」的黃梅調。

個人唱歌有樂器伴奏，是卡拉OK發明後的事，也是在筆者就業後，才發展起來，初期一張碟片，要一百美元上下，好不容易存錢買來一張唱片，學會的也就那麼一、兩條歌。到後來，錄影帶流行，卡式、碟式、帶式，各種形式，風起雲湧，也讓國人的表演慾大增。

筆者對唱歌的真正開竅，源於小女們的追劇，當時週末，她們在中文學校學習，回家後，友人陳綺紅，會將大量的港臺連續劇錄影帶，轉借給她們。這不僅提高了她們中文水準，也連帶讓她們對中文歌曲產生興趣。耳濡目染之下，我也就是在這個時候學會了張學友的〈吻別〉，劉德華的〈忘情水〉，及成龍的〈男兒當自強〉等等，這一時期的流行歌曲。

自學成功後，唱歌慾望一發不可收拾，此時卡拉 OK 機器已漸漸普及，朋友聚會後，餐後難免高歌會友，筆者不自量力，勇於表現自己，且欲罷不能成為「麥霸」，初期還沾沾自喜，以為埋沒的天賦終於被發現，但到後來的聚會中發現，只有我在唱歌的時候，有人的瑣事特別多——打電話的，有之；出去閒聊的，有之；寧可排隊上廁所者，有之，甚至於到院子裏去玩狗的，有之，最後空空蕩蕩的客廳中，只剩下筆者一人自得其樂。

〈皇帝的新衣〉故事，在筆者身上又重新演示，唉！人貴自知，一意孤行的結果，不但害了別人，最後是害了自己！（筆者還有在大庭廣眾中表演的故事，就留待下回分解了。）

隨筆 45

K歌（三）

跟著女兒們，好不容易學會幾條歌後，就躍躍欲試，四處尋找聽眾，結果發現，在卡拉OK聚會中，越來越難有拿到麥克風的機會，即使好不容易搶到，卻發現聽眾沒有了！再後，不知那位促狹的友人建議：「現在僑社正在辦卡拉OK大賽，你何不報名參加？」（可能這位友人受不了，想要大家有難同當。）

一言提醒夢中人，初生之犢不怕虎，只有想不到的事，沒有不敢做的事，當即找到主辦人，電話報名參加，此時卻急壞了一個人，就是內人，但生米已煮成熟飯，只有想辦法補救。在葦婷號召之下，迅速發展成有三位和音天使、二十餘人伴舞團隊（當時，每個週末都在 Steve 張老師國標舞班學習，全體同學在老師／師母帶隊下，拔刀相助）的組合，質既不行，就以量取勝。

和音天使三位，除葦婷外，還有Bella及Pamela。Pamela時任某銀行的副總裁，因聽我時常哼唱當時的流行歌曲，拜我為師，我因材施教，每次卡拉OK時就強迫她做我的聽眾，並告訴她，這是Suzuki教法，以多看多聽，自學成材。這次比賽，Pamela怕老師會丟學生的臉，賽前，很不放心，每日電話來詢，要筆者將比賽歌曲唱給她聽，結果是從錯一拍兩拍開始，到正式比賽時，以錯五拍結束，使得謝副總在臺上手足無措，我則贏得最佳造型獎。

不過自此以後，卡拉OK大賽，就要經過評委先行審核，才准正式列名，我的歌唱生涯就此成為絕響。當年參賽時，還取了藝名張德龍，綜合張學友、劉德華、成龍之意。現在張、劉、成仍是繼續輝煌，我卻消失在茫茫人海之中！

經此一役，自信大傷，沉寂多年，「靜靜」、「默默」不再分離，K歌隊裏從此少了一份雜音。移居上海後，除附中校歌外，再也沒有開口的機會。後來心生一計，你不讓我唱，我總有機會唱給你聽，在一次敝人舉辦的宴會之中，席開十六桌，吃到一半，我就自動上臺，唱了一首〈朋友〉，讓你行不得也哥哥，只好洗耳恭聽。

周華健的〈朋友〉，這首已經有二十幾年歷史的歌，對大部分人來講，是老歌，但是對我而言，比起〈月兒彎彎照九州〉、〈南屏晚鐘〉這些熟悉歌曲而言，卻是新歌。

現在既無和音天使和伴舞團隊，歌聲不論，臺風卻還是要的，過場時，走下臺來，和一眾朋友握手，主要是看看有沒有哪位尿遁？唱到一半，本來也想學學歌星，拿著麥克風，朝向臺下，與大家一起合唱，可惜臺下一片靜默，曲高和寡，唉！

從此「靜靜」、「默默」長相伴，又走回我的生命，現在國家開放二胎、三胎，如有來世，絕不做老大，吊嗓子功夫還是要從小練起的！

隨筆 46

老友聚

困居臺北的近兩個月中，因為疫情關係，深居簡出，儘量減少外出，在屈指可數的幾次聚會中，有兩次特別令人難以忘懷，因為都是一甲子以上的老友聚。

高中同班李在方兄，在臺灣新聞界、外交界及航海界都卓有建樹，夫人劉孟陽女士則在文化教育界服務，再輾轉知悉，我們到臺北後，孟陽不辭辛勞，開車接送我們到他們萬里府上相聚，而陸啟東大學長夫婦，亦親自駕車赴宴，促膝長談，同窗往事，歷歷如數。端午節前，在方一家三口，將其九十多歲在方大姐親手所包粽子，專程送到我們

住的郊區居所分享，濃情厚誼，讓我沒齒難忘。

交談中，述及班上群英，「同學少年多不賤，五陵衣馬自輕肥」，不論國內、國外，內政、外交、科技、商貿、工業、文教、海事、農業，一眾同學都卓然有成，想當年都是「冠蓋滿京華」，但如今則反樸歸真，含飴弄孫，安享晚年。

可惜的是，因為大家散聚各地，各自忙於事業，除少數業務有交集者外，很少有見面機會，這次孟陽本想邀集在臺之同學，再行聚會，但因疫情顧慮，只能遺憾作罷。

另一次聚會，是與章尊良、江定宇、全維鈞、二弟傑生等一眾老友之聚會。這些友人，都是從小廝混在一起，共度那些造夢的年華，揮霍著逝去的青春，以前每次見面都是談夢想、吹牛皮，互相調侃，意氣風發，最後把酒言歡，不醉無歸。想當年，也曾揮金如土，酒綠燈紅，英姿颯爽，神采飛揚，多少次醉酒趣事，皆成回憶中笑談！

曾幾何時，今日皆為八秩以上老人，雖三、四年未曾有會面機會，但此次小聚，已不復現風流往事，健忘與重聽是交談中，不斷湧出的現象，唏噓中，只有醫生、病歷成為話題，嗚呼！人生離合，亦復如斯，唯祈眾友各自保重，容再相晤！

本篇即以蘇軾的〈念奴嬌．赤壁懷古〉作結語：

大江東去，浪淘盡，千古風流人物。故壘西邊，人道是，三國周郎赤壁。亂石穿空，驚濤拍岸，卷起千堆雪。江山如畫，一時多少豪傑。

遙想公瑾當年，小喬初嫁了，雄姿英發。羽扇綸巾，談笑間、強虜灰飛煙滅。故國神遊，多情應笑我，早生華髮。人生如夢，一尊還酹江月。

隨筆 47

朋友又一章

曾子曰：「吾日三省吾身，為人謀而不忠乎？與朋友交而不信乎？傳不習乎？」，有意思的是，每天反省自己，不是修身養性，而三句話裏面，倒有兩句是跟交朋友有關，復習功課則放在最後。仔細想來，這段話實際上是同「友直，友諒，友多聞」，相呼應，是交友的準則。

這次在美國，跟大女兒聊天，說起我兩個外孫女的管教問題，她告訴我，她主要是觀察外孫女們交的朋友，如果有的同學價值觀，不盡相符，就會勸她們保持距離，與曾子的教訓，殊途同歸。但兩個外孫女的性格不同，交的朋友也不同，可能將來人生的方向也不一樣，但只要都是循規蹈矩，不違做人的原則，交朋友的教育效果就達到了。

「物以類聚，人以群分」，只要三觀相近（人生觀、價值觀和世界觀），則自然互相吸引，相聚在一起。三觀無所謂對錯，「人之初，性本善。性相近，習相遠」，人的天性都是差不多的，但是因為後天的生長環境及教育，就會影響每個人的三觀不一樣，各人的立場不同，觀點不同，自然三觀也不盡相同。

國人喜歡混圈子，以地域來說，先是以省分，然後到縣、市，再細分到村莊、家族，還有以服務機關、單位來分，以學校來分，最後細分到與某某領導為核心的圈子，圈子越小，關係越緊密。

混圈子沒有好或不好，近朱者赤，近墨者黑，主要是看圈子裏的人之三觀如何？仗義每多屠狗輩，貪婪還是讀書人，不論學歷、地位如何，如果是貪官污吏混在一起，即使你不貪，也會被他們排擠到圈子之外，反之亦若然，交友能不慎乎！

隨筆 48

情與法

最近網上有則資訊，有位八十幾歲的老太太到某糧食店，想買兩斤切麵，以慶祝自己的生日，但是因為只帶了身份證，沒有離線碼，糧食店不肯賣給她，旁邊一位好心人要幫忙，但是他的核酸檢測超過七十二小時，因此老太太、好心人、店員及切麵雖都近在咫尺之間，卻只能相望，而不能成交。

異曲同工的是，在頭條上，有位讀者問道：「我舅舅、舅媽供我上大學，現在舅媽生病，向我借錢，我拒絕了，對不對？」許多回答都是：「你沒有不對，因為是你自己的錢，錯在你舅媽當時不該供你讀書」，我個人覺得，是的，他沒有不對，但他缺少了一點做「人」的味兒！

曾子曰：「上失其道，民散久矣。如得其情，則哀矜而勿喜」。曾子說：「有權位的人失去道義，民心就會渙散，如果發現犯罪的真情，應該哀憐同情，而不是高興」。

所以法律之中還是要顧及到「情」的。

法律是用來規範人的行為，根據情理法的考量，定下懲罰的程度。國內實行的是大陸法，法官依據法典做最後的裁決。施行英美法的國家，很多以判例來補充，而且有陪審員制度，來補充法律之不足。

大陸法的缺陷是百密一疏，再完善的法律，也有空子可鑽。「你有你的張良計，我有我的過牆梯」，形成正邪鬥法，永遠要修法、補法。同時由於法典僵硬，難免產生糧食店這類的事例，法上並無不妥，但在做「人」的情上面，卻欠缺同理心。

至於海洋法，雖然有陪審員制度，卻更容易被情緒左右，有很好的律師，常常會煽動陪審團的決定，當年美國足球員辛普森殺妻案，即使罪證確鑿，還是得以無罪釋放，就是一個很好的例子。所以有錢人，只要能夠請最好的律師，常可以逃脫，或者減輕法律的制裁。

當然，法律再完善，還是由人來決定，法律從業、執業及相關人員的操守，應該是最重要的考量。秦朝腹𪏆殺子的故事，很有啟發性。腹𪏆的兒子殺了人，秦惠王說他是腹𪏆獨子，要免掉他兒子的死刑，但腹𪏆以殺人者死，還是處死了他的兒子。所以法外施恩，還是要看是否情有可原？這「情」不是父子，或者是有關係的人的「人情」，而是「情理」中的情。

孟子曰：「明足以察秋毫之末，而不見輿薪」，我們走過許多機關的大門裏，都有這樣的標語，「為人民服務」，也許天天看，看著、看著，就不注意，麻木了，忘掉了。

隨筆 49

網（一）

這次赴美探親，遊走在臺美兩地之間，除規定封閉時間之外，多數時候都是在家自動隔離，為自保，也怕給他人添麻煩。現在為止，離家七個月中，與朋友聚會的次數，如果用兩個手掌來數的話，應該足足有餘。

夫妻兩人被局限在同一屋簷，有時甚至在同一斗室之中，每天鼻子眉毛對眼睛，優點看不到，缺點都出來了，所以上海解封後，離婚率暴增。所幸者，我們倆現在有手機為伴，每天忙著刷屏（洗版）、寫文章，各有各的事幹，倒也不覺得時間那麼難熬，所

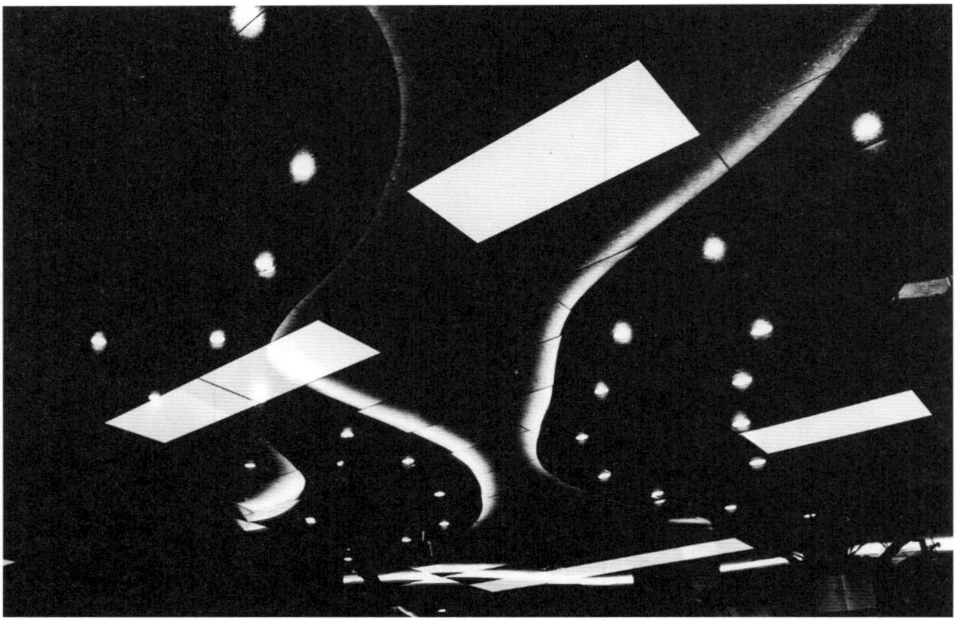

以每次到一個新地方，都要先問他們的 WIFI 密碼。

昨天搭計程車時，上車後，那位司機大人，問我該怎麼走？原來他不會用 GPS，我們只好下車，另尋他車，這才知道，此地是有許多老司機不會用，也懶得學，用手機來查地圖。這次上海封閉期間，聽說也有許多老人，因為不會用手機團購而挨餓的事，我倆應該慶幸，現在每天大部分的時間，都在手機螢幕上度過，免了大眼對小眼的尷尬。

我同數碼的最初接觸，是我在美國開始讀研究院的時候，那時才知道不用有十進位的數，並學習用機器語言（二進位，0與1）來編程式，後又學了FORTRAN、COBOL等編程語言，把編寫的程式，用卡片打卡，送進電腦測試。畢業論文就是用電腦編寫的一個水運轉處理程式。可惜的是，雖有千里馬，但沒有伯樂，這編程就老死在學校了。

提到電腦不能不提到，八〇年代的電腦大王——王安，他曾經是美國富豪的第五名，公司列名五百強的第一四六名，而其發明生產的商用電腦，幾乎是那個時代每個公司的標配。可惜的是公司沒有跟上時代的變遷，沒有小型化、普及化成為家用電腦。

就業後，所有工程計算，用電腦即可，家裏什麼時候買的第一臺家用電腦，已無復記憶。只記得二〇〇一年，我寫第一本小說《張三小傳》時，還是用手寫稿，然後請人打字，那時候要改一個字，就整篇整頁都要改，改一頁，費用是十塊美金，很貴，因筆者賺錢不容易，所以都不敢改正，養成我打字成稿後，從不回看的惡習。

《張三小傳》是由我寫〈習舞篇〉開始的，當時是寫了一些有關跳舞老師及同學的打油詩，經黃志強兄把他放在網路上，後來美國《世界日報》又把《張三小傳》放到他們的網路版上，才養成我看「網」的習慣。

二〇〇二年左右，有了寫字板，使我不必再付打字員的錢，所謂錢能壯膽，沒有支出，就可以放膽的寫，也創造了我寫作的盛產期，新詩、格律詩、短篇小說、長篇小說《六個女人在紐約》初稿等，直到我二〇〇三年移居上海，以後的事，下篇再說吧！

隨筆 50

網（二）

筆者是二〇〇三年移居上海，而內人則是二〇〇四年才來的，中間有一年的「放飛」期，當時外無打字費用的壓力，內無審批的過程，是我寫雜文的最多的時期，《歸人隨筆》、《不是東西集》、《待賈軒夜話》等，是這時期的作品。

那個時候已經有手機應世，成為查勤利器，每當晚間酒綠燈紅之際，忽聞鈴響，只有戰戰兢兢地應承著：「十二點前一定會回家聽座機」。

說到手機，我倒是因此有個機緣到國內，大概是九〇年代左右（詳細日期已忘），

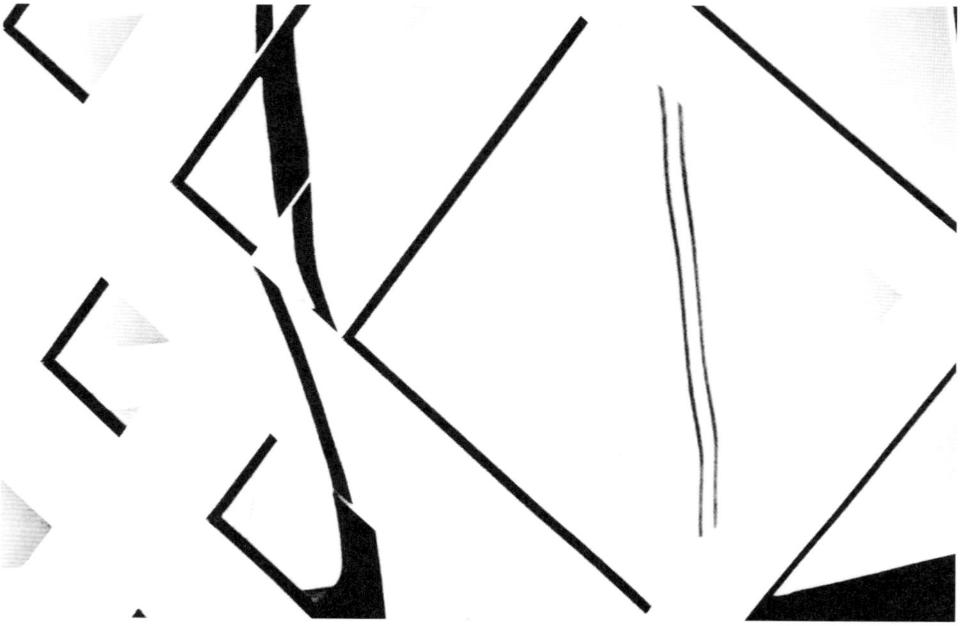

應天津市政府邀請，筆者經老友趙克勤（他後來陸續做過中國聯通、臺灣遠傳的總顧問），代為邀請，組織的技術團，團員都是各大手機製造、運營公司中，科技發展部門負責人，作無線通訊的技術交流。

當時國內手機還在萌牙時代，我們課題是GSM、CDMA等，因大部分團員皆是初次到大陸，故除必須上課的講員外，都出去遊玩，還公推我是團長，所以應該代表全團坐在那裏旁聽，可憐筆者一竅不通（到現在還是不懂），邊打瞌睡邊受罪，我的整個行程就在渾渾噩噩中過去。

當時的網路就是郵箱，這不能不提到另一個華裔楊致遠，他創立的雅虎（Yahoo）有綜合信件和購物服務的功用，可惜的是同樣沒有順應時代的變遷，市場被谷歌取代，趨於式微，現在國內也吹了熄燈號。

雖然筆者只是網路滄海中的微小一粟，但還是勉強跟隨時代進化的潮流，奮力前進。由雅虎、谷歌，而到現在的微博、微信，但終於在抖音，元宇宙前，按甲寢兵，廉頗老矣！

天下事都是雙刃劍，有一失必有一得，這次三年疫情期間，靜處斗室，無所事事，只有埋頭玩手機，百無聊賴之下，動筆為文，產生七百三十多篇的《詩圖文集》，現在《彈天縮地》也有了五十篇，只不知道解禁何時？文思是否尚能延續？嗚呼！

隨筆 51

一碼當先（一）

目前上海通用的有：隨申碼、健康碼、行程碼、離線碼，及區分不同管控區域的綠碼、黃碼及紅碼，真是處處有碼，時時要碼，有碼不一定能行，但無碼，是插翅也難飛！

「吾道一以貫之」，光有碼，但是缺少一樣事物，讓他們串聯起來，於是就有了核酸檢驗報告，完美，這即是「一以貫之」的工具。沒有這報告，你的碼就會隨時變色，雙劍合一，天下無敵！

惹不起，難道我躲不過？最多我就自我隔離，不外出，還不行？對不起，魔高一尺，道高一丈，你有千條妙計，我有一定之規，老早就替你想到了，如果你七天之內，沒有做核酸檢驗報告，你的「碼」，會自動變黃碼，還有什麼辯解嗎？

如今上海已成為全世界最安全的城市，沒有之一，所有的罪犯都銷聲匿跡，連對象都沒有，又怎麼犯罪呢？僅有的一些小打小鬧，都是因為肚子餓了，買不到東西吃；或者是沒有核酸報告，不能看醫生等等，翻牆、闖禁區，所引起的。

蘇州最近還增加了一個叫文明

碼，也許將來還有特長碼、體育碼、音樂碼、財富碼，這樣每個人的一生，都可以記錄在「碼」裏了，墓碑上只要貼出所有的碼就好了！

隨筆 52

一碼當先（二）

最近友人過世，醫院雖然開了死亡證明，但是照規定，需要直系親屬在場，才能公證，然後火化，但唯一的女兒在境外，回來要十四加七的隔離，最後只有委託律師，經繁瑣手續，才可以代為辦理公證、火化、入土為安。

唐山打人事件，犯罪嫌疑人，不僅在當地有案在逃，而且事發後，可以跨省逃竄至江蘇，「碼」也不管用，證明「碼碼」之外，必有「人情」。鄭州紅碼事件，更是匪夷所思，不管你身在何處，老子不讓你進城，不許就是不許！正反之用，「碼」都是贏

家。

最近友人抱怨，小孩管教很難，行蹤不好掌控，當時忽生奇想，如果家長有管控小孩的「碼」的權利，像鄭州「紅碼」一樣，這一切問題都迎刃而解，推而廣之，老師可以管學生，老闆可以管員工，則天下太平，至於對小孩、學生或者員工，公不公平？他們都是基層，可以不要考慮。

三年疫情，產生財富大遷移，不要說中小微企業，許多大型企業都熬不過，如果隱藏的財富也可以被查出來的話，中國的首富可能要換人了，做疫苗，核酸檢驗的企業老闆，或者是掌握規定，那些地方需要做疫苗，核酸檢測的人員，應該會取代那些互聯網、房地產的巨富了！

隨筆 53

手機與我二三事

一直擁護國貨的我，這次到美後，居然買了一支蘋果手機（iPhone），原因是國內買的手機不能下載「賴」（Line），而到臺灣後，從機場到隔離期間，都要與防疫人員通話，一咬牙，忍痛買了這支新機，看到價錢，心頭滴血呀！

二〇〇三年到上海買的第一支手機，一千四百元人民幣，以那時的物價來算，也是很貴，但只能用來收聽或撥打電話而已。這支手機在二〇〇四年小年夜清晨時，被小偷入室竊取，該人是從樓頂由上而下，逐層偷竊，因為我住在四樓，所以到我家時，他已

滿載，只取了這手機，這也是住低層的好處。二十四小時後這案破了，所有贓物，陳列在社區中庭的臺子上，我的手機也在其中。但從刑偵處取手機時，卻花了一個多月的時間，警局要原始發票，證明這手機的價值，雖然你知、我知、他知，這手機是我的，但幾經周折才能取回，對他們一絲不苟的行為，佩服！佩服！

當時手機已經可以發短信，用中文拼音，看到小夥子們，用個大拇指上上、下下、左左、右右，成文發出，感歎不已。我因為從小沒有學過注音，更無論中文拼音，加以行動笨拙，鄉音又重，欲學無門，非不為也，乃不能也！同年紀友人中，大多如此，唯一例外，有位老友，居然拇指如飛，後來才知他有個年輕女朋友，情勢所迫，愛情的力量是偉大的，無怪乎！愚公都可以移山，有志者事竟成，不能也，不是藉口。

無情歲月有情機，那支手機一直服務到鞠躬盡瘁，死而後已，到不能再修的時候，終於忍痛換了新手機。當時手機對我的功用只是通話、「被」查勤，我生性粗心大意，動作魯莽，手機經不起我折騰，機身也好，屏面也好，都有破損，靠膠帶沾粘。好處是掉了，也沒有人願意要，所以有次掉在計程車上，後面上車的乘客，還打電話到葦婷手機（手機上最後一位通話人），問認不認識這個手機號碼的主人？最後送了她一盒鳳梨酥，換回手機。

物換星移，智能手機上市，訊息居然可以手寫了，更重要的是，還有照相功能。我是個後知後覺者，腦子又小，很少能充分利用到手機的功用，直到攝影沙龍裏面的諸位友人，他們作品，居然比我用照相機拍的還好，這才開始買照相功能好的手機，而用手機寫作，也是這一兩個月才開始的。

出行這七個月中，照相機用過一次，電腦打開過一次，如此而已，「我贏了所有的對手，但輸給了時代」真是名言，現在再也不看電腦、相機、鏡頭的資訊，可能要安於現狀幾年了，這適合「省省」的性格，一笑！

隨筆 54

碰瓷今古談

「碰瓷」的由來是清朝一些破落八旗子弟，手裏拿著花瓶等瓷器的贗品，看到有馬車經過時，故意上前碰壞，然後訛詐馬車主人，所以叫「碰瓷」。

大約是十年前，當時岳母有帕金森氏症，所以我們請了住家保姆照顧，有一天，突然接到保姆電話，說岳母摔倒在社區附近的鄰街，在嚇得半死的情緒下，趕到現場，只見岳母躺臥在街邊，許多旁觀者圍在四周，卻沒有人上前救助，當時很不諒解，現在新聞看多了，才瞭解，非不為也，乃不敢也，都是碰瓷惹的禍！

就最近幾天，碰瓷的事兒，層出不窮，而且結果都很有意思，就在這給大家介紹一下：

1.天津一位便衣員警，看到有老頭摔倒，不僅把他送到醫院，還墊付了醫藥費，結果被老頭和他女兒敲詐，幸虧有監控證明員警的無辜。除了不用陪償外，員警還反告這父女兩人的敲詐行為，取得精神賠償費四萬元，捐給了慈善機關。

2.丹東市一位青年民警，在與一對父女的爭執中，被七十多歲的老頭打一巴掌，就應聲倒地，然後問同伴錄影錄到沒？那對父女倆就被刑事拘留了。

3.在深圳豪車的停車場糾紛中，一位壯碩白衣男子（不知道是不是那位勞斯萊斯車的車主），自動倒地，假裝被襲，只能說佩服！佩服！

由此可見，碰瓷之風甚盛，除了第一例的職業碰瓷人外，連員警、有錢人，都學會這招，以應用到對自己有利方面。

而碰瓷之風，中國自古有之，最有名的案例是明朝弘治七年的孫騰霄，一個破落的富戶，他夥同以前的僕人，故意到富人家尋釁，進行鬥毆，然後殺死一個乞丐，抬屍到富人家訛詐得逞。他周而復始地殺死了幾十個人，直到被官府破獲，孫某被凌遲處死，同夥三十餘人都被斬首示眾，以儆效尤。

五代十國時期的後晉高祖石敬瑭，是另一個嚴懲碰瓷人的故事：有個村婦說士兵的馬吃了他的穀子，要士兵賠償，糾纏不清，被石敬瑭看到，命令當場把馬殺死解剖，如果腸子裏有穀物，則處死士兵，如果沒有，則將村婦處死，結果這村婦為了訛詐，送了性命。

亂世用重典，如今道德淪喪，在碰瓷之風盛行的今日，雖不能像弘治，或者是石敬瑭這樣處理，但決不能姑息養奸，否則社會不再有善惡之分，是非不明，將如何立國？

隨筆 55

豪客

最近一位中國三十三歲女富豪，以現金八千萬歐元（五點六億人民幣），購買了義大利撒丁島上的豪宅，引起世界轟動。其實國人滿世界買豪宅的事，多有發生，澳洲、加拿大、美國都不乏這類例子，不過以前的豪客，都是先富起來的那一批人，是政、商、房地產界風起雲湧的大佬們（你懂的），或他們的子女。

「天子不言多少，諸侯不言利害，大夫不言得喪，士不言通財貨，不賈於道」，即為政者不能以「圖利」為基礎，不能從商，來治理國家，如今看來，真是先見之明，官吏都以利為先，就種下貪瀆的惡因。

除了科技及互聯網發展起來的巨富外，其他的豪客，他們有沒有想過這些財富是怎麼來的？起碼他們的第一桶金，是怎麼會掉下來？捫心自問，能不慚愧嗎？

當然也有靠祖上餘蔭的，有位收藏大家，祖上是清朝的顯宦（中國官吏的腐敗，是傳承有序的），靠繼承，保存著許多無價之寶的中國文物，當年上海博物館以幾百萬美金，買了他一幅畫，其他幾百件文物，卻寧願無償地捐給美國的博物館，而不肯賣回給中國，不知他祖宗，地下有知，作何感想？

所有這些官、富、拆[1]二代，及豪客們累積的財富，不管是房地產、商業、專賣，甚至互聯網，錢都是在國內賺的，但回饋於本地社會的卻很少很少，對國外的捐款卻毫不吝嗇。「中國人沒有錢，不關我的事」，「我賺的錢該怎麼花，是我自己的事」，這類的豪言壯語，不一而足。

但這一位某東的王女士卻不一樣，是從電商、物流平臺賺到的錢，來源無可厚非，用錢自然也容不得外人非議，只是這麼多錢（她手上的，當然絕對不止這麼多現金），怎麼出去的？頗值得玩味！

不過今天世界上最大的問題就是貧富不均，人與人間，國與國間，也是世界動亂的由來，在〈論語．季氏篇〉中：「聞有國有家者，不患寡而患不均，不患貧而患不安。蓋均無貧，和無寡，安無傾」。「不均」指的是如果分配很公平，貧富差距不大的話，這不會有窮人，會是一個平和的社會，也不會有顛覆的事情。

如果將國內賺的錢都移轉到國外，而財富的兩極化，繼續分化，則社會動盪，國無寧日，這些巨富們的財富，還能夠繼續累積嗎？更進一步，撒丁島的豪宅隔壁鄰居，是俄羅斯的首富，但現在，這豪宅因為俄烏戰爭的關係，已經被義大利政府沒收，豪客們，買的時候還是再多想想吧！

1：「拆」指中國透過房屋拆遷，而獲得鉅額拆遷補助款致富的人。

隨筆56

老了！

最近戴著眼鏡找眼鏡、衣服口袋裏裝著手機，滿屋子找手機的情況，越來越多，而且常常連最親近的友人名字，也是呼之卻不出，「沉思往事立殘陽」，不得不承認，我確實老了！

另一個可怕現象，談話中，常講完上句，忘了下句，被打斷話題時，就不知道天馬行空的馬，是不是突然掉下來？不知道到哪裡去了，與別人講話中，我有時候喜歡插嘴，因為不插嘴，就會忘卻要插嘴的原因（也許大家就希望我忘掉），這些毛病還望諸

君諒解！三年前辦的簽書會中，本來想邀請爾雅出版社的隱地（柯青華兄）做引言者，當時已八十幾歲的柯兄就說，他因為講話會忘詞，不能出席，「當時只道是平常」，如今自己也到這個境界，歲月不饒人呀！

不過老人也有好處，當前的事不記得，但陳年往事突然都記憶猶新，最近，在一篇隨筆中，提到我曾經就讀附中高五〇班，結果有位學弟，在舊書攤中找到一本我們這一屆的畢業紀念冊，並將班上同學名錄及照片，傳送給我，青春歲月躍然紙上，又回到那個年代，往事歷歷如昨（這成語用的不恰當，因為昨天的事我已經不記得了）。「今年海角天涯，蕭蕭兩鬢生華」，每次到臺北，經過母校門口時，都有這個感慨，離開學校已經六十幾年，但我一生得益最多的，也是在校的這六年時光，三年多前，曾經有機會回母校探望一次，舊樓雖在，景象全非，看著跳躍的學子們，真是數不盡的往事如煙。

友人包珈宴請我們在仁愛路的日料店晚餐，站在門口時，看到門牌號是仁愛路二段九十一巷，記憶閃現心頭，剛到臺灣時，就落腳於此巷，當我將此照片傳給家人時，弟弟們熱烈反響，還將我們在臺北居住過的各個地址，通通報來給我（為了體驗由奢入儉，父母搬了十幾次家），可見大家對好久以前的事，都記憶如新，可喜可賀。

最近與友人宴會時，吃完前菜好像就已經飽了，只想吩咐後面的都打包，內人怒目相向，規定別人沒有說飽之前，我絕對不可以放下筷子。「齒牙動搖」，冷熱都侵，冰凍西瓜要熱一點才能吃，熱湯要冷了才能喝，「廉頗老矣，尚能飯否？」這才知道原來問的是我的境況。

穿衣喜歡戴帽，圍脖，不光是為了形象，也是怕病的象徵，冷氣、冷風再也不能對著吹，走路最好走平路，往日的豪氣早已雲淡風輕，「往事無蹤，聚散匆匆，今日歡娛幾客同！」

「前塵往事成雲煙，繁華三千醉人間」，七十餘年如一夢，只能「此身雖在堪驚。

閑登小閣看新晴」了！

隨筆 57

雪景二三事

這次赴美期間，陪孫輩們去滑雪，在太浩湖住了一個星期，體驗久違的雪景。這一輩子與雪的接觸，一個巴掌就數完了。

四、五歲的時候，住在湖南鄉下，有過一次冬季的記憶。在泥巴地的廳堂中間，有個竹（？）籠罩著的炭火爐，上面覆蓋的是還沒有曬乾的衣服，一家人圍著火爐，坐在小板凳上，穿著厚重的棉衣、棉鞋，伸出凍僵的雙手，還不時搓弄著烤火，有時還可以分到幾片脆乾的紅薯片，笑談中（多數是聽媽媽的訓話），其樂融融！（回憶中）

ENGEL & VÖLKERS

地處亞熱帶的臺灣，沒有讓我有接觸雪的機會，到美國後，第一個冬天打工的季節，就讓我嘗到了雪的苦果。一心前往美國鍍金的筆者，不要說沒有踏雪尋梅的裝備，連球鞋都沒有一雙，原來是入得了廳堂的皮底皮鞋，卻成為下得了廚房的打工鞋，尊貴的鞋底，哪堪這樣的折磨，含著淚水（地面上的），決定和鞋脫離關係，但底斷線連，成為一個不上不下的局面。

走在超過膝蓋的雪地中，絕對是一步一腳印，不過，比起在溶冰上的步行，一步一跟斗，要好得多了！最慘的是這個鄉村俱樂部有一個滑冰場，為要保持這個冰面平滑，就要澆水在這塊冰地上再抹平，可憐的我就是擔任這個工作，什麼叫透骨冰涼，那時就深有感受，寒氣由腳底一直往上冒，兩腿直打哆嗦，工作十幾分鐘，二十分鐘後，就要趕快離開休息，現在膝蓋寒冷，可能就是那時留下的病因。

寒假打工結束，當時葦婷在芝加哥她哥哥家裏度假，為爭取難得的見面機會，決定在開學前，趕赴芝城，以謀一晤。禁不住筆者催促，章鏞凱兄不顧十年來最大的風雪，由紐約駕車往芝城，同行者還有奚伯泰兄，一路上，風雪交加，伸手雖見五指（因在車內），但窗外幾乎看不見前路，公路等於是我們包場，除偶爾可見鏟雪車外，茫茫大地任我遨遊，所以走走，又開到公路外，大家只有下來，把車推回公路上，走走，停停，居然三個完整的人，一部完整的車，到達終點芝加哥，可謂奇蹟。事後章兄一直誇說，他冒生死危險，只是為幫助我追女朋友，好在赤誠感天，與葦婷的感情，終於邁進了一步。所惜者，前兩年，章兄已駕鶴西歸，往日情誼，常在念中。

休斯頓，標準的南方城市，從不下雪，但二十幾年一次的下雪天，也被我遇到。當天，在金唯善家Ｋ歌，酒醉飯飽之後，仍然開車上路（這才瞭解，為什麼武松打虎之前，要先喝三杯酒），一路上，醉眼迷糊之中，只見部部車都是酒駕，Ｓ形、之字形，車行軌跡按照不同的中英文字母行駛，然後中西方文化發生集體碰撞，砰砰聲不絕於耳，所幸者，筆者因為酒精作用，得以反其道而行，負負得正，安全回歸自宅！

在上海時，有天終於等到冬天的第一場雪，滿心的浪漫，使我背起相機，匆匆趕往火車站，將民工們回家過年的景象，留在我的相冊中，至今視之，仍是難得的，富有情感的照片！

眼看孫輩們，歡笑地學著滑雪，回思往事。「數十載悲歡如夢，撫掌驚呼相語，往事盡飛煙」。葉夢得的詩，將我此時心境，躍然紙上，唉！

隨筆 58

惰！

今天外出餐飲，在大賣場才走幾步路，就氣喘如牛，實在因為這八個月來，吃了睡，睡了吃，白天不動如山，晚上鼾聲如雷，身體機能，退化太多的緣故。同時聽了許多養生之術，所以現在吃的都是雜糧飯，但什麼雜糧？我通通不認得，真是五穀不分，應了《論語》裏的：「四體不勤，五穀不分，孰為夫子？」

反省來，反省去，經過三省之後，發現千錯萬錯，都不是我的錯，錯在先天不足（我是早產兒）；錯在後天失調（抗戰時生的，營養不夠）；錯在從小教育（打住，怎麼怪到教育呢？），這我就要從頭說起！

原來不覺得，結果這次在美國，看到我的孫輩們，課餘都是在玩耍、在球場、在游泳池，記得兩個大外孫女每週在球場的時間，都要超過五十小時。孫輩們即使陪父母散步，做父母的，也不忘指點小朋友，花花草草，甚至於昆蟲，相比我們以前，回家做作業，上補習班，及長，有多餘時間，不是在麻將桌上，就是在檯球桌上，真是不可同日而語。

高中以前，每學期的旅行（不對，叫遠足），就是碧潭、指南宮、烏來等，後來高中快畢業時，走得最遠的一次是到苗栗的獅頭山，居然還讓我們過夜？遠足期間，「路邊的野花不要採」，更不要說隨機的生物教學了！

其實這次出國前我還是蠻自愛的，每週打三次乒乓球、跳兩場舞，日子過的挺滋潤，剛出來，還散散步，後來想閑著也是閑著，不如修整下身體，經過三次小手術，麻醉四次，覺著嬌貴的身體，必須要休養，但越休養越懶，越懶越要休養，真是由勤入惰易，由惰入勤難，慚愧呀！慚愧呀！

最近翻書，看到古人也是如此，不由理直氣壯起來，現在將白居易的一首詩，抄錄如下：

白居易〈慵不能〉

架上非無書，眼慵不能看。
匣中亦有琴，手慵不能彈。
腰慵不能帶，頭慵不能冠。
午後恣情寢，午時隨事餐。
一餐終日飽，一餐至夜安。
饑寒亦閒事，況乃不饑寒。

這不是說我嗎？真是生我者父母，知我者白居易也！

隨筆 59

拼搏精神

前兩天在朋友圈中，看到有人因為打兩份工，隨時隨地可以睡，結果趴在茶几上，就睡著了。我以前服役受訓，甚至在行軍的時候，走著走著也會睡著，異曲同工。

他打兩份工是因為生計所迫，家裏有老有小，筆者當年在鄉村俱樂部打工時候，也是一天做十六、十七個小時，每週工作六天，到休息那天，除去睡覺，什麼事也不想做。有次痔瘡發作，但還是得站著，只有一身冷汗，夾著尾巴做人，如今回憶往事，也不知當時怎麼熬過來的？

「長風破浪會有時，直掛雲帆濟滄海」，當年身懷二十元美元現金、二千四百元的保證金支票，滿懷壯志，乘風破浪去了美利堅，頗有「壯士一去兮，不復還！」的氣概。可是等保證金寄出還掉，生存壓力馬上到來，於是雄心壯志不見了，乖風破浪栽進洗鍋房，開始留美生涯。

另外一次求生慾特強的時候，是從密蘇里州到德克薩斯州，身上只剩下十五元，流落在大巴車站，不知何去何從？（見隨筆35的〈貴人〉篇），這才體認到，所謂「有情飲水飽」，那都是騙人，應該是「無錢肚咕嚕」，當晚饑腸轆轆，飲水也救不了饑，幸虧山窮水盡疑無路，柳暗花明又一村，皇天再次賜給我條生路。

臺灣光復初期，篳路藍縷之際，孫運璿、尹仲容等，高瞻遠矚，是臺灣經濟發展的引路人，雖身後蕭條（孫院長，無車，無房，無存款，無古董，尹老身故後，其夫人靠賣花維生，葬禮靠友人們資助），但高風亮節至今為人景仰。而臺灣上下一心，披荊斬棘，在國際上開拓市場，奠定經濟起飛的基礎。

「仰天大笑出門去，我輩豈是蓬蒿人」，在前輩們艱苦創業、砥礪前行的過程中，這就是拼搏精神，在生存慾的驅使下，什麼苦都可以受，什麼樣的日子都可以過，只要活下來！唯「生於憂患，死於安樂」，在物慾橫流，道德淪喪的今天，恐怕「守成」都很難了！

隨筆 60

算盤與電腦

到臺灣在女師附小，好像是五、六年級時候，有門課業是珠算，可憐的我，小小的腦袋，哪裡裝得下「三下五去二」、「四下五去一」，這一類的珠算口訣，即使偷看也不會，後來怎麼過關的？也忘記了。

進中學後，總算沒有珠算課，六年平穩度過，到大學，又來個新玩意兒，計算尺，計算工程數學中所需要的對數、函數、開幾次方等等，可憐的筆者，除買支計算尺來炫耀外，只學會乘除兩種功用，「工欲善其事，必先利其器」，也難怪學業成績不佳，幾

乎不能畢業了！

讀研究所時，連計算尺都免除，電腦取而代之，機器代替人力，做了所有的計算，不過自己要編程、發指令，讓機器行動起來，兩害權取其輕，還是電腦好用。等到就業時，公司沒有電腦，但每個工程師桌上都有一臺計算器，簡單明瞭，代替算盤和計算尺的功用。

剛到美國時，取笑那些店員不會心算，找錢永遠是倒過來算，搞不清楚。如今，科技發達，人手一部手機，裏面都含簡單計算器，計算問題迎刃而解，連語言不通的售貨員都知道用計算器，讓買賣雙方在上面，討價還價起來。

中國用自己組裝的一部一〇四電

腦，手搖計算器，輔之以算盤，居然引發了第一顆原子彈（因為物資緊缺，鄧稼先老先生，用糖果從小孩子手上換了些銅絲，解決部分組裝問題，所以糖果在第一顆原子彈中，起了重要作用）。目前中國在超級電腦發展方面，也位居國際前沿，和當日的窘困情況不可同日而語！

目前國內特招一群，有珠心算特長的幼年兵，七歲到十四、五歲，這是預防在戰爭期間，因為電子干擾的緣故，各種計算、通訊、後勤補給的電子設備，都無法應用時，來發揮替代作用，返樸歸真，還是要回到基礎的學習與運用！

隨筆 61

鞋子的故事

筆者何幸生長在一個科技暴發的時代，又何幸生長在中國，得以眼見，親歷，時代的變化。在隨筆60〈算盤與電腦〉中，提到計算器的演變，本篇談談鞋子的故事。

我在南京時候，染上傷寒，祖母就是在那時搬來與我們同居，也是我第一次看到裹腳。三吋金蓮起源於「詞帝」南唐李後主，他的一番讚譽之言，開啟中國婦女一千多年的噩夢，文學上的成就，掩蓋不住他成為導致殘害女性惡習的始作俑者地位。裹腳之風在明朝盛行，一直到民國成立才逐漸消除。

見怪不怪？在家中也就見慣「又臭又長的裹腳布」。家中還有一位幫忙處理家務的紹興媽媽，她是在民國以後，放棄裹腳的解放腳。但祖母並沒有為小腳所束縛，照常出外遊玩、打牌，甚至到陽明山賞花，而且一生幾乎從無病痛，直到九二高齡，才因行路不慎，摔跤過世，我想如果不是小腳，也許她現在都還在！

在香港時有位友人，其生意就是專門替海外遊客，到香港時訂做皮鞋，他有間房，儲存了所有顧客的鞋模，所以其商業模

式，有無可替代性，我以後旅遊到印度時候，看到過有類似的鞋店。當年筆者回臺灣時，這位友人送我幾雙訂製皮鞋，後來陪筆者漂洋過海，含辛茹苦，淪落在廚房、雪地的就是這幾雙鞋，鞋如有知，想到它的兄弟姐妹，一定有同店不同命、遇人不淑的感覺。

童年時穿的都是家裏自縫自製布鞋，也沒有覺得腳底板受傷，鞋子打腳這些毛病，現在的鞋子，則除在用料上的分別外，在功用上也有散步鞋、跑步鞋、籃球鞋、足球鞋、跳舞鞋等等，五花八門，不一而足。在美國，有為搶一雙名牌球鞋，而毆人致死的例子，世界真的變了！

隨筆 62

帽子的故事

古人對戴帽子是有規定的：「二十成人，士冠，庶人巾」，指男子二十歲，就叫「弱冠」，算成人，要行冠禮，但只有士大夫才可以戴「冠」（帽子），一般的老百姓，只能用頭巾，後來頭巾就慢慢演變成現在的帽子。

筆者不記得什麼時候開始戴帽子，應該是六十歲以後，雖然還不是士大夫，但頭髮開始稀疏，為遮醜，不得不戴，其實古有明訓：「人之有冠，猶宮室之有牆屋也」，所以男人也要愛美，如同宮室之圍牆，要注意形象的。

此後在旅行時，每到個新地方，就喜歡買頂當地的帽子，女兒們知道我喜歡買帽子，所以耶誕節的禮物，一定有帽子，久而久之，積累不少帽子，氾濫成災，存儲成為問題，但上海房子太貴，買不起大房子，所以帽子都發黴了！

當年與葦婷交往時，她在紐約三十四街一家猶太人開的帽子公司做事，朝九晚五，我在華爾街送外賣，中午兩點左右下班，安步當車的走三十幾條街，到她公司，接她下班，雖然沒有鮮花、美食佳餚，但赤誠感人，娶得美人歸。

帽子作為一種時尚，流行也是周而復始，最近看到，女士們戴帽子的也慢慢多起來，花樣百出，不過男士的帽子，則變來變去，也只有那兩、三個花樣，但男人永遠跟隨女人的時尚，戴帽子的男士，也慢慢多起來。（還是現在憂慮多，男士都開始禿頂的原故？）

清代《笑笑錄》有個故事，兩個門生外調，去拜見老師，老師送他們一句話：「如今世風不古，真理難行，好人難做。我沒有什麼可送給你們的，僅送給你們一句話，逢人送頂高帽子，就一切都好辦了」，一位門生說：「老師您這話太高明了。當今社會，像老師您這樣不喜高帽子的正派官員，又有幾人呢？」青出於藍而勝於藍，這頂高帽可把老師樂壞了！高帽子，還有另外一個作用，在職場中，遇到加薪要求時候，可以讓你升級、加頭銜，而不加錢。

現今社會除高帽外，各種帽子亂飛，政黨帽、派系帽、紅帽子、綠帽子，想得出明目就有帽子，有不同意見，就扣不同的帽子，虛虛實實，只看到帽子，見不到面目，沒有真相了！

隨筆63

戲談頭髮

隨筆62〈帽子的故事〉，說的是帽子，脫掉帽子，就要說說我一直想遮蓋的頭髮了。「衛娘髮薄不勝梳」，豈止是髮薄，而是髮疏透頂寒！根本不需要梳理了。

從筆者懂得照鏡子、愛漂亮起，頭髮一直很茂密，初中時只能留三分小平頭，其實「身體髮膚，受之父母，不敢毀傷，孝之始也」。當年為了孝道，寧可留髮不留頭，也曾跟教官抗爭過，結果教官用剃刀，在頭髮當中一剪，放學後，就抗爭結束，乖乖地去理了個光頭。

高中可以留髮後，一個大背頭，還挺自鳴得意的！離開學校，多年來，經不起社會煎熬，頭髮就稀稀落落的，慢慢少起來，等到近二十年，終於要戴帽子來遮醜了！

頭髮漸禿後，形成地中海，與日月爭輝，乃戲作五言格律詩一首（平水韻，上平，五微。）

炎陽蒸汗雨，冷月映清輝。
恰似飄零絮，隨風白髮稀。

頭髮少的好處就是容易理髮，到美國後，為符合「張省省」的原則，一直是自己理髮，第一次替人理髮，就是替劉英毅兄，做新郎官的時候，結果下手太猛，把後面挖了個窟窿，好在新郎新娘照相，都是正面，沒有穿幫。剛開始自行理髮的時候，也出過差錯，都是由妹夫李大繕前來救場，才沒有在上班時候出醜。

這次疫情三年，又重操舊業，自行解決頭髮的煩惱。現在因頂上無毛，所以乾淨俐落，只需五分鐘就解決。但憑良心說，看到他人植髮、假髮的形象時，心裏還是挺羨慕的，「各人自理頂上毛，休管他人髮型豪」，也罷！李白的〈將進酒〉早已將人生境遇描述到淋漓盡致：「君不見，高堂明鏡悲白髮，朝如青絲暮成雪。人生得意須盡歡，莫使金樽空對月」！

隨筆 64

根治

十幾年前，曾經做過一陣子按摩，尤其是淋巴腺，號稱可以增強自身免疫力，結果是小腿呈現烏黑色，以後一直沒治好，直到我心臟裝四根支架後，顏色褪掉很多，這次腹部再裝五根支架，基本上腿部已經恢復原來顏色，所以應該是部分血液循環不好的緣故，支架裝好，血液保持通暢，老毛病就沒有了。其實這次腹部血管瘤的大小，是在灰色地帶，手術可以做，也可不做，筆者是長痛不如短痛的性格，在家反正是閑著無聊，醫生又說是小手術，只需要兩個多鐘頭，結果到手術室後，做了五個多鐘頭，而且在肚子裏的支架像高架橋一樣，錯綜複雜，還封閉兩根血管，才大功告成。事後心想，幸虧這次手術，否則萬一血管瘤爆炸，後果不堪設想。由於這次手術，聯想到幾件社會新聞：

1.最近看到一條消息，說蘇州的許某馨，偕同她國外指導教授，又回到蘇州的別墅。從二〇一九到二〇二〇年，許某的新聞可是炒得熱火朝天，但不管她發表任何恨國言論，卻早已聲稱，以其家世，沒人能動她分毫，果然，預言成真，無論網友們有通天徹地的本事，還是查不出她父母根底，只有將「蘇州」改名「許州」，表示佩服！

2.去年的徐州鐵鏈女事件，該女被拐賣三次，最後，落入董某人之手，並生了八個小孩。董某以獨自撫養八個小孩的低保戶身份，在接受記者訪問表揚時，被人偶然發現，被鐵鏈鎖住，當成牲口的楊某，成為當時的熱點。事情最後的發展，是將楊某送入醫院，處分幾個官員，畫下句點。

3.最近唐山打人事件，驗傷結果，打人的是中傷，被打的是輕傷，而且施暴者可以在「無碼不能行」，且被通緝的情況下，從河北跑到江蘇，真是神通廣大。目前最後處理結果還沒出來，被害人及她們的家屬，到現在也還沒露面，只免職了幾個官員，雷厲風行的掃黑運動已經終結，希望不要不了了之！

在許某馨的事件中，顯示的是特權與傲慢；徐州鐵鏈女，呈現出拐賣人口，踐踏人

權的黑暗利益鏈；唐山打人事件，更表露了無法無天的黑社會，而處理的結果，好像是雷聲大雨點小，就像許某馨聲稱，只要過一陣子，大家就會忘掉了！頭痛醫頭，腳痛醫腳，「野草除不盡，春風吹又生」，斬草不除根，不掃除病因，治標不治本，將來類似的事情，就像雨後春筍，會不斷冒出來的！為山九仞，功虧一簣，現在到像是為山只有一簣就算了！

「一室之不治，何以天下國家為」，謹以此言作為本文的結尾！

隨筆65

爭與錚

「爭」與「錚」兩個字很有意思，爭是爭論，加了金字旁以後，就有寧折不彎，錚錚鐵骨的意思，「粉身碎骨渾不怕，要留清白在人間」，清朝鄭燮有首〈竹石〉：「咬定青山不放鬆，立根原在破岩中。千磨萬擊還堅勁，任爾東西南北風。」這就是描述的錚錚傲骨，不屈服於任何外來壓力。筆者向來聽話聽半句，看書看半頁，只撿自己有用的，這首詩的後兩句，我是牢牢記住，但前面要紮根基的事，卻忘得精光，導致我一生中屢屢碰壁，怪不得鄭燮！

在顧問工程公司任職時，有位友人原來在紐西蘭大學做教授，那個年代，紐西蘭只有七個中國人，他忍受不了寂寞，教了半年，就逃回美國，與筆者成為同事。某次開會時，有位年輕工程師，在某問題上，引經據典，侃侃而談。筆者是渾渾噩噩，根本沒聽進去，但這位友人，非常認真，認為他數據有錯，回來計算半天，寫封長信，連同數據，指出錯誤，呈送給大老闆。結果是他被解雇，而那位年輕工程師升了副總，

所以職場中，爭與不爭，有很大的學問。

徐志摩說：「人不可有傲氣，但不可無傲骨」，年輕時傲氣很多，而且還不知道氣從何來，年紀越大，傲氣就越磨越少，到現在，雖沒有讀萬卷書，但行了萬里路，閱人無數，終於悟到傲氣與傲骨之分。

「相逢不用忙歸去，明日黃花蝶也愁」，只要相逢，就是有緣，尤其是些雞毛蒜皮的小事，又何必爭論呢？所以這次寫《彈天縮地》的隨筆中，開宗明義，就指出因各人立場不同，觀點各異，看法自然有差距，「道不同不相為謀」，現在是原則不讓（藏在心中），「君子無所爭，必也射乎，揖讓而升，下而飲，其爭也君子」，所以還是聚聚餐、喝喝酒，口舌之爭就免了！

老友中，有個杠子頭，任何事都要跟你杠個明白，最後筆者都是以「懶得跟你說了」收場，如今十幾年沒有聯繫，倒是挺懷念他和他的「杠」，這是我唯一會去「杠」的人了！

隨筆 66

品牌效應

最近俄烏戰爭，導致西方各國對俄羅斯實施制裁，又引起俄羅斯的反制，沒收及禁止西方各國的產品進入俄國。這些反制措施替中國品牌，創造出非常好的商機，現在俄羅斯的小家電及手機市場，已經有百分之九十都是由中國產品佔據。

有意思的是，從鞋子、手錶到包包，中國的仿製品行銷全世界，但價格只有正品的十分之一甚至百分之一。這些贗品，無視知識產權的法規，剽竊了原作者的設計，但在製作上卻唯妙唯俏，成品幾乎可以亂真，成為世界各國政府，打假的重點。

其實偽冒品的盛行，是市場造成，當市場售價，超過製作成本的幾百倍時，而其本身的科技含量又不是那麼高，只是因為品牌效應，造成大眾的追風現象，使得仿冒成為有利可圖的暴利行業。

在疫情期間，西方對國內的產品，以新疆棉為藉口，發起抵制，從而使得許多國際品牌，在中國市場受到打擊，而安踏、李寧等等國內品牌，逐漸擴大了市場的份額。有趣的是，以製造仿冒鞋而聞名的莆田鞋，青出於藍而勝於藍，被公眾認為其品質，毫不亞於國外的名牌。如果國內廠家能夠加大研發設計的投入，形成自己的知識產權，則前途大有可為。

假到真時真亦假，真若假時假亦真，真真假假，只在顧客的心裏，如果用品是為自己使用，則怎麼樣可以得到最大的效益，用得最舒適，性價比最好，應該是考量的重點，但如果是為了炫耀自己，吸引別人的眼球，則另當別論。

某領導到鄉鎮視察時，發現其公路車道是十二線道，嚴重超過其需求，所以個人也好，政府也好，如果一切作為都是為了卓顯自己，而成面子工程。則公民教育，應讓大眾體認，不要看面子，而是要看實質的成效。品牌效應就應該是品牌累積的商譽，實際的成效，得出合理化的價格，仿冒品，甚或面子工程，自然而然的沒有市場，消失了。

隨筆 67

也是品牌

最近陳春花和華為事件，在網上爭論得沸沸揚揚，陳春花是一個有非常多頭銜的經濟學者，有次被任正非請去華為演講，陳春花提到，任總親自開車送她，幫她開門等細節，由此網路上報導出了超過萬篇的文章，把陳春花形容成華為的導師，及其他各種讚美之詞。於是華為忍不住了，發文稱華為不瞭解陳春花，陳春花也不可能瞭解華為，陳春花的回應是，華為只是她研究的案例之一。擱下這件事的是非不談，這裏只想談談兩點有關品牌效應的關聯性：

1.華為目前是國內首屈一指的品牌，一萬多篇的網路文章，將陳春花與華為聯繫起來，自然會有連帶效益，把陳春花塑造成另一個品牌。

2.陳春花在新加坡國立大學得到碩士後，僅用一年時間，又在愛爾蘭某大學取得博士學位，時間之快速，匪夷所思。而有了博士學位，就回到國內，進而成為北大教授，BiMBA 商學院院長。如果沒有博士這個品牌，很難在大學得到教職，而有了北大這塊招牌，在學術界就無往而不利了。

不過陳春花雖然沒有到華為軍師這樣的境界，據說她的實力及論據，還是不錯的，沒想到炒作過度，引起翻車。就讓我想起十幾年前，有位打工皇帝唐駿，曾經是微軟公司中國總裁，據說是微軟公司歷史上唯一兩次獲得比爾蓋茲傑出獎、最高榮譽獎的員工。其後，轉戰國內數家有名的公司，幫助他們上市，不僅拿到最高薪資，而且被媒體譽為中國「第一職業經理人」和中國第一 CEO。唐駿就是依靠一張野雞大學的博士證書入門，而開創他輝煌的事業前途，所以品牌的效應還是蠻大的。

在《圍城》這部小說裏，方鴻漸就是買了張克萊登大學的博士證書，但是卻輸給了同樣是克萊登大學的韓學愈，究其原因就是個性及能力問題。今天陳春花及唐駿在能力上都沒有問題，但如果沒有博士證書做敲門磚，恐怕也不會有今天的成就。學歷與真材實料的較量，是現實，如果沒有這張文憑，就很難進入某一行業，也就無從表現你的才華，這現象，短期內沒有終結可能，應該會延續很長一段時間。

其實我本人也是追求品牌效益的，剛開始學寫文章的時候，詩詞一個筆名；小說，一個筆名；雜文，一個筆名。後來筆友——女作家吳崇蘭伯母，建議我統一用個筆名，我從善如流就用了本名，前兩天聚會時，俞凱爾兄說這就是品牌效應，可惜筆者努力奮鬥二十年，效應一直不見，品牌還是只有我及葦婷知道，只能繼續努力了！

隨筆 68

三談品牌

回到國內十八年，看到國內商品有翻天覆地的變化，最主要就是在包裝上，廣告公司不是單純的做廣告，而是做品牌推廣（Branding），現實中，不單是商品，在學界、職場也是一樣！

在上篇隨筆裏面，提到用假文憑做出一番事業的例子，今天不能不提到另外一個極端，真是文憑與能力，都要打上問號的例子，也是放之四海而皆準的現象。

在臺灣的官場，除領導人的論文門，尚未能澄清外，最近又出了一個「通堅門」，

有位出來競選的候選人，林某堅，有兩個碩士學位，其臺大碩士論文與早六個月畢業的學長論文有百分之八十八的雷同，而中華大學的碩士論文則有被質疑抄襲竹科委外研究報告。有百分之九十四點七的雷同，包括錯字都一樣，真是歎為觀止。他的指導教授，陳某通，也是目前權高位重的部長級官員，經他指導的有一百七十三位碩、博士，許多都是當權的民意代表，或者官員，其中只有五位，敢把他們的電子版論文拿出來，讓大眾評價！品牌、品牌，害人不淺！

無獨有偶的是，現在國內許多官員們，都有在職時，讀到碩士、博士的頭銜，所以在工作繁忙之餘，他們還是努力求學，為品牌而奮鬥。只是時間如何分配？有無代筆代勞？更重要的是，不知道論文可不可以發表？供大家學習、研討！

品牌是可以相互影響、提攜，互相造就的，有的還可以世襲，當然最好還要加點創新，形成自己的風格，比如說文壇巨匠賈平凹先生的愛女，陝西文聯副主席、副教授賈淺淺，「屎尿屁體詩歌」創始人，雖然其篇幅有點長，但是不想割捨這麼精彩的詩歌，所以還是抄錄如下：

〈朗朗〉

晴晴喊／妹妹在我床上拉屎呢／等我們跑去／朗朗已經鎮定自若地／手捏一塊屎／從床上下來了／那樣子像一個歸來的王

〈真香啊〉

她說：上午同事們一起把飯吃／一個同事在飯桌上當眾扣鼻屎／她喊了聲「不要擦

拭」／另一個同事見狀／搶上前去抓過那同事的手指／一邊舔還一邊說／真香啊，你的鼻屎

〈雪天〉

我們／一起去／尿尿／你／尿成了一條線／我／尿了／一個坑

所以詩歌的演變，從《詩經》到唐詩、宋詞、元曲，一直到現代詩，然後演變到現在的屎尿屁體，夫復何言？

放眼現今的政界、學界、商界，都充斥著包裝與炒作，欺世盜名，掩蓋起原來的面目，實質已經不重要，就像攝影照片裏面的美顏功用，眼見再也不為實！只有拆開包裝，拿到實物使用後，才能發現真相。

隨筆

穿越

69

滯留臺北，已經兩個半月了，此地疫情嚴重，因為不想禍害他人，也為保護自己，所以大部分時間，都自我隔離在家。今日閑來無事，就三省吾身——如果我穿越到孔子那個時代，他會怎麼看我？

子曰：「吾十有五而志於學，三十而立，四十而不惑，五十而知天命，六十而耳順，七十而從心所欲，不逾矩」。如果我見到孔子，要求列為弟子，他會不會用這些話，來衡量我？

「吾十有五而志於學」，我六歲進小學，十二歲進初中，十五歲考高中，說老實話，那時還沒有志於學，但到十八歲考大學時，確實有半年很用功，雖然比孔子要求晚了三年，但讀了這麼多年書，還是不太離譜。

「三十而立」，這個「立」就有點難了，是立德？立功？立言？還是立定志向？反正我在三十歲的時候，什麼都沒立，也沒方向，只是窮途末路，遠渡重洋了。

「四十而不惑」，肯定在這時候，孔子會用憐憫的眼光看我，嘴裏還說著：「有教無類」，但我會昂然的站在那裏，回道：「你那個時代，周遊列國一部馬車就到，同樣的語言，不像我們，我去的地方，有時要飛過去，有的乘輪船過去，說的還不是同樣的語言」，看到孔子迷惑的表情，我加強語氣道：「現在的知識，比以前多太多了，我怎麼能夠不惑呢？」

孔子沒有搭這個腔，回了句：「五十而知天命」，然後得意地笑笑，我辯解道：「我們當然知道天命不可違，但人定勝天，我們要創新，要奮鬥！」

孔子搖搖頭，歎口氣說：「六十而耳順」，我也歎口氣，回道：「年紀大了，都會耳背，也不容易聽到別人罵你的話，我們現在有喇叭，有擴音器，傳播來的聲音，都還可以調聲量的大小，更何況還有助聽器，而不順我就會罵回的！」

孔子抬起頭來，驕傲的說道：「七十而從心所欲不逾矩！」，我擠眉弄眼對著孔子說：「你的年代，人生七十古來稀，我們現在平均年齡都到八十多了，體能不一樣，就不敢保證一定不逾矩了！」

孔子聽到這話，氣得吹鬍子瞪眼睛的，歎道：「朽木不可雕也，糞土之牆不可汙也！你滾吧！」

我滾回現實，沒做成孔門弟子，穿越也就到此結束！

隨筆 70

可與不可

高中時候讀《論語》，在〈泰伯篇〉裏有句話，記憶猶新：「民可使由之，不可使知之」，當時何宗周老師，給我們學生的解釋是，由於句點的不同位置，解釋也就不同。如果是上面這樣的斷句，那就是愚民政策：老百姓只要讓他去做，而不需要告訴他為什麼去做。但如果斷句成：「民可，使由之，不可，使知之」的話，就是只要老百姓願意去做的，就讓他們去做，如果他們不肯去做，就要告訴他們為什麼原因。

其實這句話爭論很多，後世學者從這句話本身，或者從孔子的時代，思想本質，一

貫的教學道理，種種原因，都有不同的論述，筆者愚昧，沒有去學習深究，但何老師的這番見解，卻在後來人生中，深深體會。

小時候，母親叫你去買瓶醬油，你屁顛屁顛地跑到雜貨店，就去買回來了，一會兒又叫你到菜市場去買隻雞回來，你雖然不情願，還是滴滴蹬蹬，去買隻雞回來，你不會去問媽媽，這是為什麼？只是去「由之」，照做就行！

等成家以後，老婆叫你去買瓶醬油，你屁顛屁顛地去買了，可是叫你去買雞的時候，你覺著好累，不想去，就會問：「今天有客人嗎？」，由老婆的回答，再看有沒有抗辯的理由，這就是「不可，使知之」。

現在年紀漸長，老婆叫你去買醬油、買雞，你就不會問，是為什麼？而只是回來說：「報告政府，買回來了」，（「報告政府」是現在囚犯，對管理人員，見面時的第一句話），表示對政府的充分信任，也知道即使弱弱地問一句，也是白搭，就不必多此一舉了。

其實現在網路發達，互聯網上，幾乎可以看到，任何即時的資訊報導。政府在「可與不可」之間，實在不需要猶疑和決策，「民可」也好，「不可」也罷，反正都會知道，不如資訊透明，讓民眾有「知」的權利。

隨筆 71

夢想與現實

孩童時期，居住南京一年，那個時候去上海，好像要在下關搭火車去，是個遙不可及，而又渴望見識的城市。後來在廣州，住在旅舍裏面，等臺灣的入境證，有幾個月，香港又成為一個想去，卻只能在夢想中存在的城市。

大學畢業後，有機會在香港居住三年，一九八五年以後，屢次到國內出差，也常到北京、上海等地，發現現實與夢想，有相當大的差距。二〇〇三年移居上海，城市突飛猛進的速度，讓夢想趕不上現實了！

在文字與圖書中，歐洲是另一個夢想，但因為家庭、經濟等種種因素，雖心嚮往之，但沒有成為現實。近幾年退休後，終能美夢成真，但多去幾次後，發現每個地方景色幾乎雷同，現實又打了我的臉。

前兩天與友人聚餐時，她提到剛到上海時，別人都嫌棄上海又老又舊，她卻看到處處的美景，然後開始購買市區的老房子，並修葺如舊，恢復到她印象中的上海。姑且不論她在商業上的眼光和成就，在筆者眼光中的平凡，她卻看到了上海人的精神內涵，原來夢想並沒有反映真實的現實！

走馬看花的歐洲，是分不出各地的異同，但究其實，每個國家因地域、宗教、文化、民族的不同，都有不同的特色，浮光掠影，焉能呈現出城市的內涵。

今日上海，在硬體方面，幾乎勝過全世界的一線大城市，但老上海優雅的精神面貌，卻在逐漸消失中，代之而起的是急功近利、浮躁的人生，得與失之間，只有自己衡量了！

隨筆 72

逛街

流覽古人的詩句，發現他們不是在飲酒、欣賞清風明月，就是酒綠燈紅，與青樓女子調笑，很少做正事，甚至去逛街，難道古人沒有街市嗎？

當然有，從殷周時候的物物交換開始，到唐朝的夜市、早市，然後到宋朝集市已經初具規模，我們從清明上河圖裏面看，商貿區有茶坊、酒肆、肉鋪、廟宇之外，也有賣綢緞布料、珠寶、香料、香火、醫藥、修車、看相、算命等等的商店，琳琅滿目，不一而足，而遊人如織，是非常繁盛的景象，只是提不起文人們的興致，因此描寫逛街的詩詞，少之又少。

其實古人也不是不逛街，在節氣的時候，尤其是元宵燈節，「袨服華妝著處逢，六街燈火鬧兒童。長衫我亦何為者，也在遊人笑語中」。可見當時，也會穿得漂漂亮亮去逛街，然後「去年元夜時，花市燈如畫。月上柳梢頭，人約黃昏後」，原來是看美女、想泡妞了。

因為只有節氣時，婦女才結伴外出，給這些士人們一些搭訕的機會，下面這首〈元夜踏燈〉詞，就描述當時情景：

百枝火樹千金屧，寶馬香塵不絕。飛瓊結伴試燈來，忍把檀郎輕別。一回佯怒，一回微笑，小婢扶行怯……

女孩們裝成弱不禁風，要婢女攙扶著走，一會兒假裝生氣，一會兒又要笑鬧，活生生的一幅少女春嬉圖。

這下明白了，沒有女子逛街，讀書人的文思就不會出來，而古時婦女，大門不出，二門不邁，所以詩詞只能圍繞著春華秋實、離情傷別、國仇家恨這些題材，而少見世俗商貿之情。

即使是現代，逛街還是以女士們為主流，男士們多數是陪同提包的份，經過長年累月幾千步、幾萬步的鍛煉，女子的身體越來越好，因此女人比男人長壽，也就理所當然了！

隨筆 73

美國商場滄桑

早年在美國時，許多大百貨公司，都會有一年一度，在傍晚或晚上舉行的「月光大清倉」活動（多數是晚上七點開門），那時許多衣服都是原價的一半，甚至更少價格出售（有時低到一折），成為喜歡買便宜貨的筆者，最喜歡的時辰。當然貨品都是殘缺、斷碼，或者是過時的存貨，商店為套現及減少倉儲成本，採取的必要措施。

由於貨源不多，搶購者眾，所以大家都是有備而來，早就物色好心儀商品，放置何處，都心裏有數，然後早早聚集在商店門外，只等號令一響，門開時，就一擁而入，各奔前程，不過粥少僧多，你爭我搶的場面，並不少見。筆者那時雖年輕力不壯，但眼明手快，總有所獲。不過買到的商品是不能退還，購買者如搶到便宜貨，物超所值，自然心滿意足，但以後用不用得到，則是另一碼之事。筆者雖常有所獲，亦有失手時（丟臉

的事，咱就不在此提了），那時就會安慰自己，「常在河邊走，哪有不濕鞋」，有友人曾經搶到一雙非常名貴的鞋，回家後，正自鳴得意時，發現兩隻鞋，號碼不同，只能啞巴吃黃連，有苦說不出。

現在才知曉，這些貨品成本，都可能只有百分之十，商店是絕對不會虧本的，而店家見到顧客們對清倉貨的熱烈反應，立馬在每家店裏設立清倉中心，將賣不掉的貨，集中降價出售，「月光大清倉」慢慢地成為絕響！

其實衣服鞋襪等百貨產品，從生產到銷售，都是由猶太人控制，不過商場如戰場，平時團結一致對外，利字當頭時，也不免廝殺一場。在百貨業鼎盛時期，紐約三十四街帝國大廈旁的梅西百貨、芝加哥的地標西爾斯大廈，都是美國驕傲的象徵。但服裝業等是要追隨時尚潮流的，不單是產品之設計，連場地的場景、佈置，都需要緊隨潮流變化。守成不變的，即使是百年老店，如傑西便宜（JC.Penny），西爾斯（Sears），都相繼退出歷史的舞臺。

另外一個影響是平價市場的興起，K瑪（Kmart）及沃爾瑪（Walmart）異軍突起，以秋風掃落葉之勢，遍佈全美。兩虎相爭，必有一傷，沃爾瑪靠著精確的倉儲、物流管理，擊殺K瑪，成為霸主。

好事多（Costco），及山姆（Sams Warehouse）則是量販市場，採會員制，簡裝修，以批發價，供中小企業主進貨為主，但許多家庭也是他們的忠實顧客。我也曾借用他人會員卡，購買些一年也用不完的存貨，使得家裏永遠少一間倉庫，原來量販市場生存之道，就是將倉儲成本，轉嫁到顧客身上。而百貨商場在平價及量販雙殺之下，為求生存，就興起「奧特萊斯」（Outlet）對抗，遠離市區（地價便宜又不跟本店競爭），集中各家名牌店，將略為過時商品，以較廉價格出售，成為顧客們另一塊心頭肉。

前兩年，大潤發的老闆有一句名言：「我贏了所有的對手，卻輸給了時代！」，旨哉斯言，商場結果如何？筆者會在下一篇中討論。

隨筆 74

網購

曾經在上海歷史博物館看到，上海從清末到民國時，商業形態的展廳及蠟像館，展現當時的錢莊、商號、洋行、各類作坊、商店、客棧、報社，同時輔助展出的有3D及各種圖片，呈現出當時行旅客人及各種交通工具的繁華景象。

早在唐代盧照鄰〈長安古意〉中，就有：「長安大道連狹邪，青牛白馬七香車」的詩句，表示長安的大道連著分岔，各種交通工具川流不息。所以商場的繁盛是依靠著交通便利及客流的聚集，流覽及交易。

如今到歐洲，雖然各地建築大同小異，但除去教堂、博物館之外，最喜歡閒逛的就是小街上各種小店、咖啡館，如果這些小店都停業，特色沒有，城市的生氣也就消失了！

個人電腦及互聯網興起後，剛開始只是電郵及文字交流，慢慢的，商業活動也在裏面露出頭角，而且逐步成為主流，亞馬遜及淘寶，更造就出兩個首富。

凡事都是一把雙刃劍，給顧客方便，就減少商場的流量，以前商品要經過層層的中間商，才能到達顧客，而現在的商業模式成為扁平式，由工廠經過電商平臺，就直接送到顧客手中。前幾年，上海有個新開商場，裏面有一百多家餐廳，這是因為目前互聯網還無法取代飲食店，而一般其他類形小店，就逐漸被淘汰，甚至某些國際名牌都受影響，無法支持，吹起了熄燈號。

近五、六年來，網購已經成為生活中的一部分，尤其是疫情開始以後的這三年，成為不可或缺的生存工具。也許這次疫情，微商、團購的興起，將成為另一種商業模式的催生工具。「我贏了所有的對手，卻輸給了時代！」，旨哉斯言！

隨筆 75

員外

「我本是臥龍崗散淡的人」，是諸葛亮在〈空城計〉中的唱詞，一直到最近，我才領悟到，我跟諸葛亮差的，也就是那麼一點點，「我本是臥龍床懶散的人」，他在崗上站的高，看的遠，格局大；我窩在床上，睜隻眼，閉隻眼，看到就那麼點東西，也就是這一點點，一個天上，一個地下！

其實要怪就怪我父母，因為基因中沒有運動細胞，養成我嗜睡習慣，除此之外，就是喜歡看武俠小說，從平江不肖生、鄭證因、王度廬、還珠樓主，到古龍、司馬翎、

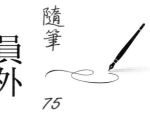

金庸等，真是讀萬卷書，勝行萬里路，更不需要走路運動了！家父看我這麼喜歡讀書（？），歎說：「你應該生在清朝做員外的，看看書，收收租，拿個鳥籠子四處走走」，我聽著也蠻好的，難道我不想嗎？可是既然已經來到這個世界，就只有想法子在此生存了！

讀大學時，兄弟三人在同一學校，他們兩個打牌，我睡覺，到吃宵夜時，再叫醒我，看看小說，抽抽煙，日子還是挺舒暢，也是一個「類員外」，其實叫我員外的，還有另外兩個人，章尊良兄，及陸啟東，陸老爺子，可惜我生也晚，員外做不成，只得其形，而未得其神，既沒有租金可收，也沒有鳥籠子可以拿，只能偶爾走走路，踱踱方步，假裝一下。當時從不曾想到要運動，二弟告訴我說：「你運動二十分鐘，難道你就會多活二十分鐘嗎？」這句話深得我心，一直到？？

年過八秩以後，突然警覺到「青春」沒有幾年了，為了抓住青春的「尾巴」，開始發奮圖強，學乒乓球、學國標舞，為挽「青春」學少年，忙得不亦樂乎！可是老天不幫忙，看不得我好，疫情來了！

離家這八、九個月中，乒乓球和跳舞都沒辦法練習，以前每次到美國，還可以到商場逛逛，現在因疫情關係，多數時間都自我封閉在家，唯一的活動，就是散步，但年老體衰，再經歷幾次手術，時常上氣不接下氣，幸虧老夫少妻，有人扶持，才不會流落在外。

唉！少小不努力，老大徒悲傷，各位青春少年，共勉之！

隨筆 76

剛與柔

筆者因為腦子不大，講話及為文，常不經大腦，有時得罪人，自己都不知道。所以內人總告誡我直言賈禍，叫筆者明哲保身。可惜的是，因為沒有大腦，所以不曉得哪裡是直？哪裡是曲？從此家中就有了審批制度。

其實老子主張「上善若水」，《道德經》：「天下莫柔弱於水，而攻堅強者莫之能勝，以其無以易之。弱之勝強，柔之勝剛，天下莫不知，莫能行」，所以老子也知道，「柔弱勝剛強」這真理，天下人都曉得，但做不到！

看到不平之事，叫我悶在肚子裏，我做不到，但人微言輕，喊出來也是狗吠火車，沒人理會。可是如天下事都以柔弱處之，則沒有是非，何分黑白，需知眾志可成城，眾口亦可鑠金，如果萬眾一心，則諸事可成，反之，如果眾人反對，也可推翻。

「自反而縮，雖千萬人，吾往矣」，經過反覆溝通，及再三審查告誡之後，筆者也開始修正寫作及談話的藝術，儘量剛柔並濟，曲線為之。

水滴石穿，柔故能克剛，但千百年的時日，不是每件事物能夠等待的，在老子發言兩千多年後，曾國藩提出了修正主義：「外柔內柔，人辱之；外剛內剛，人毀之；外剛內柔，人輕之。唯有外柔內剛，方成大器」，筆者心有戚戚焉！發現只有外柔內剛，才能成事。

人年紀大了，腰固然直不起來，但也柔軟不下去，昨日看到一篇介紹辛棄疾牙齒脫落的詞篇，很有意思，抄錄如下：

〈卜算子・齒落〉

剛者不堅牢，柔者難摧挫。不信張開口了看，舌在牙先墮。

已闕兩邊廂，又豁中間個。說與兒曹莫笑翁，狗竇從君過。

說的是舌頭與牙齒的剛柔關係，笑的是「外柔內柔，人辱之」的小人，就以此文作為本篇的結束吧！

隨筆 77

運動與我

看到《論語》中，鄉下農人嘲諷孔子「四體不勤，五穀不分」時候，書中孔子沒說什麼，我卻萬分慚愧，這不是明明在罵我嗎？不過孔夫子還能周遊列國，四處講學，我卻連聽課都懶，有過之而無不及！

過了八十歲生日以後，突然珍惜起生命來，既學乒乓，又練跳舞，似乎要將以前缺乏的運動時間，都補回來。正在漸見成效，腰圍減去一吋多時，卻決定赴美，探望兩年多未見的家人，當時心想反正兩個多月後，回來還可以繼續，卻不料，秋天出門，回家

又是秋天（目前還滯留在外，沒有回家），現在外流浪已將近九個月，縮小的腰圍不但回來，而且蠢蠢欲動，還有見長的形態！一咬牙，只有趕快散步，起碼心靈上覺著我在運動了！

古文是沒有標點符號的，斷句就很有學問，「貴有恆，何必三更眠五更起；最無益，莫過一日曝十日寒」，我只看到中間兩句：「何必三更眠五更起，最無益」，前面的「貴有恆」，及後面的「一曝十寒」，就沒有注意到，決定不做「最無益」的事！只在想到時擺動兩下，踱兩個方步，表示在運動，對自己也有交代。

「不積跬步，無以至千里；不積小

流，無以成江海」，翻看年輕時的照片，發現「千里」也好，「江海」也罷，都成就在我體型的變化上，從二十七吋的腰圍，到現在三十四吋，都是時間的積累與見證。

最近看到一篇介紹百歲老人，長壽秘訣文章，中間有一項就是不運動，心裏很安慰，原來同志中也有很多成功例子，雖然坊間存在更多鼓勵做運動的文章，但我擇善固執，決定「窮（老）且益堅，不墜青雲之志」，今後要繼續「無益」，往百歲的前途邁進！

隨筆 78

散步偶得

這次在舊金山時，處於半封閉狀態，既沒有運動，也沒有多少朋友來往，好在有WIFI，成日在家，就坐在那兒玩手機，一坐就是半日，像尊佛一樣，不但是佛，而且是臥佛，姿態倒挺像我在南京報恩寺，看到的一樣。終於在內人嚴令之下，也在全家人的異樣眼光之中，自覺形慚，開始洗心革面，移動龍體，不做臥佛，要學苦行僧了！

大女兒家有跑步機，可以做做運動的樣子，小女兒家健身器材太多，太複雜，不能裝模作樣，只有出去散步。屋子是建築在小山坡上，第一次散步是先往下坡走，結果

走回頭路時，氣息已衰，一路走走停停，連看到家門，只有幾步之遙時，都先要喘口氣，休息下，才能畢盡全程。第二天學乖了，先往上坡方向，等差不多路程，往回走時，全程無休，就到家了。

到臺北後，住小姨子家，社區又是依山而建，如果步行，從大樓的門口走到社區的大門，應該是不到兩千米的距離。這次李在方兄嫂，送粽子來時，筆者想到大門口等候，結果力不從心，中途休息四次才到，雖然嘴上咕嚕著，是因為最近幾次手術後遺症，但自己心知肚明，還是缺乏運動的關係。

現在早晚兩次，散步到社區大門口再回來，先上坡，後下坡，從休息幾次，到現在一口氣完成（修正，不是一口氣，是很多口氣，而且比別人還要多幾口氣，因為喘的厲害），並以「鍥而不捨，金石可鏤」，做自己的座右銘，希望離開此地之日，至少爭口氣，不要比別人多太多氣就好。

散步領會到的教訓，就是先難後易，比先易後難要容易，轉換成生活上就是由儉入奢易，由奢入儉難。這事說來容易，但做起來，卻相當困難，是標準的知易行難的例子。

難與易，奢與儉，每個人的定義都不同，沒有比較，就沒有傷害。在我，上個小山坡就是難，買件名牌衣就是奢，當然不能與馬拉松選手比，也不能跟穿一萬多內褲的貴婦比，這就是立足點不同的地方。真要做到立足點的平等，談何容易？教育、社會、環境、家庭背景、城鄉的區別，都不允許在立足點上，做到實質的平等，只能盡力縮小差距而已。

如果立足點低，沒有幾步下坡就到了，立足點高的人，即使是下坡，也可悠哉悠哉，慢慢地走。但怎麼能夠到立足點高的地方？就要各顯神通，你可以慢慢地，一步一步的往上爬，也可以坐直升機（怎麼坐上直升機？這是戲法人人會變，巧妙各有不同），很快就到上面，或者靠圈子裏的朋友，互相提攜，當然最好是靠父母，生下來就是立足點高，筆者愚昧，什麼都靠不上，所以爬得辛苦！運也！命也！

隨筆 79

人生百態

最近散步時，途遇不少同好（？）之人，不過姿態各異：

1. 埋頭苦幹型：「天行健，君子以自強不息。地勢坤，君子以厚德載物」，因此君子永遠低著頭，看著前面，不過以筆者的小人之心揣測，一方面是怕前面有石頭，會絆到自己的腳，另一方面是萬一有什麼別人遺漏可以撿（厚德載物嗎！）。

本來這是一種很穩健的走法，怕就怕只顧眼前，沒注意到突然來的車輛，或者其他阻礙，等事故發生後，悔之晚矣！

2.昂首闊步型：高瞻遠識，抬首問青天，我曾服過誰？格局大，目光遠，卻忽略了眼前的磕磕絆絆，「棄燕雀之小志，慕鴻鵠而高翔」，但飛得高，跌得重！

你雖「長風破浪會有時，直掛雲帆濟滄海」，可是前路蹉跎，歲月無情！有道是：「小心駛得萬年船」，遠處風光雖好，卻不是一蹴可幾的。

3.遊戲人間型：「採菊東籬下，悠然見南山」，一路上，左顧右盼，欣賞沿路風景，走走停停，用手機拍拍照，有坐的地方就歇歇腳，儘量享受散步的樂趣，不是純

粹為健身而做匆匆過客。

4.快步急行型：行走時，目不斜視，目標專一，為走路而走路，不達目的誓不休，無暇顧及兩旁風景，「花自飄零水自流」，天天如是，月月如斯，幾乎是每週七天中，除睡覺時間外，加起來有一天的時間，就拿來走路，值或不值？就在個人的衡量！

5.寵物陪伴型：有牽著的、有追隨的、有抱著的、有坐嬰兒車的，夏懼炎陽冬怕寒，儘量呵護，「低徊入衣裾」，總以寵物的舒適，為首要考慮。現代社會，人與人間的關係越來越淡薄，所以養寵物的越來越多，但這次疫情期間，不少人棄寵物而不顧，真是大難來時各自飛！

6.需人照顧型：或柱拐杖、或坐輪椅，清風夕照，水波不興，徐行流覽，興至而行，興盡而歸，「我醉欲眠卿且去，明朝有意抱琴來」，心中再無牽掛，享受無邊風月，不過「夕陽無限好，只是近黃昏」！

散步各型行人中，何嘗不是反映人生百態？社會就是個萬花筒，什麼樣的人都有，但不知現在筆者又是何種形態？

隨筆 80

靜

古人說：「定、靜、安、慮、得」，這次疫情，強迫每個人做到「定」的地步，一向愛熱鬧的筆者，曾有七十天足不出戶門的記錄，「驛動的身」終止步於家門。

但第二階段的「靜」，幾乎是筆者跨不過的門檻，從前有一位友人，要教筆者練氣功，結果一打坐，腦子裏就胡思亂想，七葷八素都出來了，怕走火入魔，趕緊放棄練功念頭。其實不「靜」也好，沒有這「浮躁的心」，和那些雜七雜八的想法，哪裡能度過這三年寂寞歲月？

「孤舟蓑笠翁，獨釣寒江雪」，是何等的意境？但要「孤」，要「獨」，才能「靜」，才能達到如此意境。我是「德不孤，必有鄰」，陪我入「定」的是我領導——葦婷，領導在，吹噓拍馬少不了。樹欲靜，而風不息；人欲靜，而嘴不停，因此「靜」雖不可得，但日子就容易過了！

白居易有首詩：「絲綸閣下文章靜，鐘鼓樓中刻漏長；獨坐黃昏誰是伴，紫薇花對紫薇郎」，說他在絲綸閣裏，寫不出文章，時間過得好慢，一個人獨坐，只有花相伴，可見光是「靜」，沒有伴，就沒有拌嘴，是寫不出文章的。

何況「君子慎獨」，只有君子才能「不欺暗室」，以我一個平凡得不能再平凡的人，還是需要領導在旁鞭策。也罷！「靜」字此生是與我無緣了！

隨筆 81

安

說完「靜」字，就談談「安」字，這個字很有意思，上面「宀」，是家的意思，下面是「女」字，表示家中，一定要有婦女，假如是男生，絕對不能安寧。想想也是，一個獨身男子，是很難把家裏弄得整整齊齊、安安頓頓。此次隔離時間，幸虧賢妻在旁，心就安了。

安的主要意思是安全、安頓、安心、安寧，在「定、靜、安、慮、得」中，講究的是心靜，才能心安，「靜而後能安」，這個安與財富、戰爭、離亂，都沒有什麼關係，

而是心態的安！

「安」不一定是靜態的，也可以是動態的，子曰：「賢哉，回也！一簞食，一瓢飲，在陋巷，人不堪其憂，回也不改其樂。賢哉，回也！」，這個「樂」，就是「安」，「我心安處是吾家」，這些安，都是心態，動態，安於現狀意思。只有心「安」，才能「安而後能慮，慮而後能得」。

無論是學術研究，還是創造發明，只要心中有崇高偉大的目標，心就能不受外界影響，能「安」，國人在艱苦環境下，發展出來的兩彈一星[1]，就是最好的證明。

但文學創造卻是例外，「文窮而後工」，文人只有在各種挫折下，才會文思泉湧，進而成文。一生平淡，未經顛簸起伏，焉能體會那深層的憂患意識，「寶劍鋒從磨礪出，梅花香自苦寒來」，看樣子，我還需要到社會去歷練一番了！

1：「兩彈一星」為中國對核彈、飛彈及人造衛星的合稱。

隨筆 82

讀詩雜感

最近翻書，讀到蘇軾這首〈定風波〉，看到結尾這兩句，「回首向來蕭瑟處，歸去，也無風雨也無晴」，簡直說到我心裏去了，起碼在這一刻，我與蘇學士倒是心意相通。能夠相通，是因為我也經過了「一蓑煙雨任平生」，心路歷程吧！

古人詩詞的美，就是因為常常描述的某個時期之環境與感觸，會恰如其分地觸動你的心情。最近在一次宴會中提到，筆者非常親近的一位父執，從興盛到衰落的情景，令人想起孔尚任在《桃花扇》中：「……，眼看他起朱樓，眼看他宴賓客，眼看他樓塌了」，真的興起：「殘山夢最真，舊境丟難掉……，放悲聲唱到老。」的情懷。

但有時候因為時、地、人的不同，就達不到詩中的境界，也領會不到詩中的意義，「因過竹院逢僧話，偷得浮生半日閑」，是何等高大上？筆者有次在陝西法門寺，黃昏散步時，也遇到位僧人，趕快上前請教幾個佛學問題，卻一問三不知，想是職業和尚，也就不難為他，當晚投宿該寺，雖號稱五星級，實際上呢？？第二天還誣陷我拿了他們一布包，所以沒有偷到閑，卻偷到一肚子閑氣！

「溪花與禪意，相對亦忘言」，筆者看到花，卻沒有生出禪意，只會提醒自己，是否情人節快到？或者是「賢妻」的陰曆還是陽曆的生日？所以境界之不同，感受亦不同。

「白雲依靜渚，芳草閉閑門」，對這句詩倒是有同感，當年休斯頓住家，是在樹叢中，傍著條小溪，草木繁盛，門口還有三棵高達三、四層樓的松樹，真把自己當雅士，想效法五柳先生，自號「三松居主人」，唯因生性疏懶，院中雜草叢生，最後院子門都推不開，應了「芳草閉閑門」，可惜的是，後來居家三遭水患，現在回思，真是「避時難駐足，感事易回腸」，往事真不堪回首！

所以物換星移，時代不同，境遇相異，感受自有不同，就以李煜的「世事漫隨流水，算來一夢浮生」，作結尾詞吧！

隨筆 83

一念之間

這次來臺灣，最大收穫之一，就是和二弟的幾次深談。我們相差一歲，從小同校、同年級，直到大學畢業。這幾次聊天才發現，他還是有許多事情，是我所不知。綜其一生。可以說是個傳奇，也許將來，我會把它寫出來。

「盛年不重來，一日難再晨」，現在只想說，他一生中的許多轉捩點，每一次選擇，都代表一個完全不同的人生。是好是壞也無從深究，只是他顯然很滿足過往的生涯，這就夠了，夫復何求！

「人面不知何處去，桃花依舊笑春風」，不管如何選擇，存在的現實，是首先要考慮的因素，有的現存環境，是可以掌控，但有的客觀因素，則是無法改變左右的。所謂「世事如棋，局局新」，唯有根據個人對外在所有條件的評估，才可以理性做出，自認為最適當的選擇。但不論無盡地推敲與盤算，最後落子無悔，決定仍只在那一瞬之間。

既然世事如棋，棋手對棋局的判斷，就有高低，高明的棋手，不僅可以推斷下一步或幾步後的棋局，而且能根據其對手的程度與瞭解，對整個棋局之走勢，了然於胸。所以棋手本身的修養，是棋局成敗的決定因素。

明月扁舟，沙洲江鷗，理想是豐滿的，現實是骨感的，「人生變改故無窮，昔是朝官今野翁」，生涯際遇在外界影響之下，常行於所不能不行，止於所不得不止，不受個人意志而遷移，命也！運也！

最後仍以東坡詩句：「人生到處知何似，應似飛鴻踏雪泥」，作為本篇的結束語。

隨筆 84

忍

最近常發無名火，旁人看著詫異，我總是推說是男人的更年期，內人發話：「你這更年期，從年輕更到現在？」，我只有嬉皮笑臉的解釋道：「年輕的時候火氣旺，脾氣暴躁，是有名火，現在是無名火，所以是更年期」，好在無人深究，隨我解釋了！

忍字是心上一把刀，把刀拿去了，就是還我初心，把刀刃磨去，就可以爭出頭，而成為力，所謂「小不忍，則亂大謀」，是之謂也。開同學會時，大家都懷念某某老師，或者說某某老師好，我讀書時，卻是個爹不痛，娘不愛的角色，從來沒有跟老師處好過。在美國時，因為忍不住，跟印度老闆衝突，所以鬱鬱不得志，改變了後半生的命運。如今思之，「忍得一時之氣，免得百日之憂」，真是金玉良言。

「人之心胸，多欲則窄，寡欲則寬」，現在反思下來，無論是讀書也好，做事也好，得到的與期望值不相符，才會有憤世嫉俗之心。「有容乃大」，現在自省，都是格局不夠，才少了寬容之心，「君子浩海之氣，不勝其大，小人自滿之氣，不勝其小」，可惜後悔已晚，垂垂老矣！

最近看新聞，見到兩個極端例子，一個是抗日時間，被認為漢奸，但在酷刑之下，從容就義後，才發現是愛國烈士，國家民族在心懷，暫時的侮辱、唾棄都可以忍受。另外一件是在南京玄奘寺，供奉南京大屠殺的日本戰犯一事，引得眾怒，所以在民族大義之下，是可忍，孰不可忍？

「大足以容眾，德足以懷遠」，心中要大，大至只有家國大義在心懷，修身需德，禮義廉恥，尤其是「恥」，不能忘！共勉之！

隨筆 85

唉！

最近南京玄奘寺，供奉南京大屠殺的日本戰犯牌位一事，終於落下帷幕，以當事人愚昧和廟裏失察作解釋，是非黑白自會由民眾公斷。但如果每年每個牌位，平日收三萬到四萬一年，現只收一百元，寺廟裏面對這五個牌位，五年近百萬元的收入，竟慷慨的只收了三千元，呵呵！希望寺廟對以後供奉牌位的民眾，都可以使用這個價格，也是一件善事。

以前我喜歡釣魚，有時候被魚掙脫拖魚鉤跑掉，但過一會兒，可能還是釣上這條

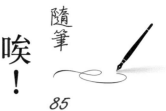

魚，據說魚的記憶力只有五秒，很容易受騙。現代社會萬花筒中，五光十色，人的記憶也不是那麼長，「朝真暮偽何人辨，古往今來底事無」，這年頭，反正無法對證的事很多，笑罵由他笑罵，好「？」我自為之，只要拖過一陣，就大事化小，小事化無了，所

以野草燒不盡，春風吹又生，如不尋根究底，挖出罪惡的根源，怪事就層出不窮了。

寺廟的主持，以自身為例，替美容院做廣告，佛門弟子，如此行徑，也是聞所未聞。以前是「聞僧說真理，煩惱自然輕」，現在是「因過竹院逢僧話，問詢妝容何處佳？」，煩惱不減還加，讓人哭笑不得！

其實，南京牛首山上的佛頂寺，氣象萬千，秦淮河畔，中華門外的大報恩寺，莊嚴肅穆，都是我去過的佛寺中，最使人流連忘返，肅然起敬的廟宇，如今讓一粒老鼠屎搞壞了一鍋粥，可悲！可歎！

雖然不敢說有許多粒老鼠屎，或是陰謀論，但聯想起準備在二十幾個城市中，舉行日本夏日祭的主辦單位，網路上那麼多的哈日、精日分子，就怕「此中有真意」，等到覺醒時，「欲辨已忘言」，慎之！慎之！

隨筆 86

利與義

最近熱門新聞很多，俄烏戰爭、唐山打人、寺廟供奉日本戰犯、夏日祭等等，即使千人所指，也還是有人「刷地洗白」，如果黑白分明，是非容易判斷的，則筆者在聊天時，還可以振振有詞，但有些事物，則處於灰色地帶，弄得筆者靠網路新聞來判斷是非的，無所適從。

現在網路資訊豐富，真真假假，都有人傳播，老子曰：「五色令人目盲，五音令人耳聾」，真是公說公有理，婆說婆有理，「不識廬山真面目，只緣身在此山中」，要辨

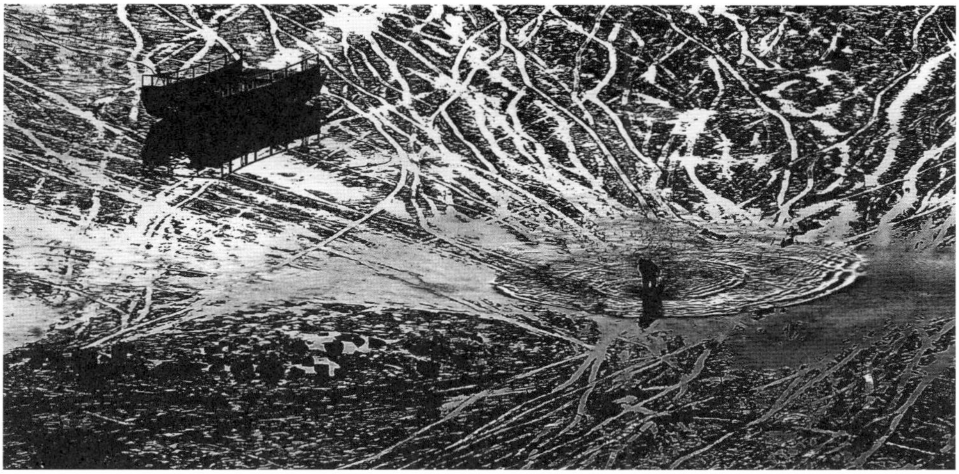

識真偽，只有跳出三界外，不在五行中。

但沒有真假，何來是非？要想辨別資訊的真偽，首先要看清，利之所在，無利不起早，「天下熙熙，皆為利來；天下攘攘，皆為利往」，一篇資訊發表，何人可以得利？又有何人為之失利？剝開利益，才看得到事情的本質。其實利的本質，不單是錢財，而且是名利，名與利是相連的，看看網紅還蹭流量，明星做代言，塵世原是個名利場呀！

當世人熙熙攘攘，都是為利的時候，「獲利」並沒有錯，只是要看獲取的原因及方法，「利益」、「利義」，如果是站在「義」的立場，「益」的不僅是個人，而且是大眾，則「利」不僅沒有不當，而且應該鼓勵。可惜的是，「君子愛財，取之有道」，許多人把這

「道」字忘掉，萬事向錢看，眼中有「利」，心中無「義」，只講手段，再無道義，才造成今日社會的紛紛擾擾。而嘩眾取寵，言過其實，甚至代言商品有損大眾利益，就是道義兩旁放，利字擺中間了。

最近俄烏衝突，國人意見分為兩極，其實沒有永遠的朋友，只有永遠的利益，人固如此，國亦如是，剝開冠冕堂皇的外衣，看到的就是血淋淋的現實！

「廉夫唯重義，駿馬不勞鞭。人生貴相知，何必金與錢？」，老夫老矣，管不了這麼多國家大事，只能以此詩與眾友共勉之！

隨筆 87

學習

孔子說：「學而時習之，不亦樂乎」，我這一輩子就沒有從學習中，感到快樂過（跳舞及乒乓球除外），後來我就去問位高僧：「為什麼我從沒有從學習中，感到快樂呢？」，高僧用憐憫的眼光看著我說：「學如逆水行舟，不進則退，你永遠只是臨時抱佛腳，抱完了又不燒香、念經，怎麼會有進步呢？」。我剛回說：「弟子愚昧，還請師父明示」，高僧轉個背已經不見。

後來我左思右想，終於悟到原來燒香及念經兩事，指的是「恆」與「行」，要時時燒香，天天念經，才能有成。

「古人學問無遺力，少壯工夫老始成」，學貴有恆，這句話我是從小到大，天天聽，日日聽，聽的耳朵都生繭了，直到後來讀到莊子〈養生主〉：「吾生也有涯，而知也無涯。以有涯隨無涯，殆已！」，才發現以有涯之身，去追尋無涯的學術，是笨人才做的事，聰明如我，絕對不會幹！

前兩天，與爾雅出版社的柯青華兄（隱地）聊天時，提到他們出版社的宗旨是，「在有限的生命裏，種一顆無限生命的樹」，柯兄以八十五高齡，仍筆耕不輟，才突然領悟到我浪費了幾十年的生命。

「紙上得來終覺淺，絕知此事要躬行」，學習的第二個要素，就是要知行合一，筆者當年又有個疑惑，腦袋這麼小，怎麼裝得下這麼多東西？今天讀書，明天忘，不如不讀，就這樣渾渾噩噩的過了幾十年，這疑惑一直未解，直到這兩天終於開悟，本來就像種樹，每天澆水，水雖然不見，但是樹卻活了，是日積月累的功夫，才有顆活躍的心，「千淘萬漉雖辛苦，吹盡狂沙始到金」，唉！悔之晚矣！

光陰似箭，日月如梭，年輕時候覺得四、五十歲好老，過了四、五十歲，覺得七、八十歲好老，現在自己過了八秩，就覺得人生還可以開始，以前聽到人生七十才開始，

想這都是做官的人，不想退休，才說這話，現在自己到達這個年份，就想趕快去享受下，希望還沒有消逝的青春（是自我修行，與霸佔位置，發揮餘溫無關）。讀書來不及（還是看到書就頭大），自學自樂，就學學跳舞跟打乒乓吧！

「老驥伏櫪，志在千里。烈士暮年，壯心不已」，現在只有希望人生八十才開始！

隨筆 88

君子不器

余一生庸庸碌碌，乏善可陳，又生性疏懶，直到年過耳順，為培養興趣，找個最不花錢的業餘嗜好，就是執筆為文，陸陸續續也寫了不少文章，有友人誇我說你是大器晚成。唉！為這個「器」，從小沒少受不少氣。

小時候被罵，是個不成器的孩子，我因為年幼體弱，也就受了，直到中學時，讀到《論語》中，子曰：「君子不器」，心想，原來我還是君子，也就對「不成器」這個稱號，甘之若飴。後來才發現「不器」，真正的意思是，不限定在一個器皿裏，可以多方面發展，我倒覺得我也是這樣子的人，阿Q精神，很容易自我滿足。

後來看到一篇介紹宋人楊一笑的墓誌銘，文曰：「初從文，三年不中；後習武，校場發一矢，中鼓吏，逐之出；遂學醫，有所成。自撰一良方，服之，卒」，說他學文不成，又學武；校場射箭，把打鼓的人射死；然後學醫，結果生病，自己開個方子，就把自己醫死，筆者自思，這就是多方面發展的結果。

「上善若水」，不論是容器的大小或形狀，都可以適應，最近國內一直在推崇德日的工匠精神，而我國的許多非遺文化遺產，也都體現出這種業精於勤的成果。所以「器」不在於大小，而在於精細的程度，及適用於「真、善、美」的標準，只要「有容乃大」，就是「大器」。

古人的「君子」，是進可以上得朝堂，退可以為人師，德能兼備，方可謂君子，這才能「不器」，而非專精一藝。不過如志大才疏，很容易畫虎不成反類犬，而成把自己醫死的例子。

現在網路發達，各種資訊都可以在網上得到，因此專家輩出，而各類專長都可以斜杠表示，不才如筆者，名片可以如下表列：學工/學文/攝影/古玩/政治/經濟/文化/元宇宙/加密幣/……/……/……，反正只要你談話提到，沒有不懂的，成為名符其實的「懂事長」，半瓶子醋，搖得嘩啦嘩啦響，唯一不敢斜杠的是學醫，前車之鑒，能不慎哉！

隨筆89

再談「器」

昨天承蒙好友陳綺紅邀請，到大安森林公園拍攝鳥類，到後來要拍攝五色鳥時，才深深體會到，「工欲善其事，必先利其器」的真正含意，當別人用三腳架，架著四百、五百的長槍大炮時，我這手持的小照相機就完全派不上用場。

對「利其器」的使用，筆者曾是一個熱忱的擁護者，當年我熱衷於釣魚，尤其是草魚的時候，由於草魚不需要什麼技巧，就是把魚餌沉下，靜待其上鉤，所以我買了十幾根釣竿，一字排開，然後穩坐釣魚臺。曾經有五次魚竿被魚拖走，但魚無法脫鉤，所以又被我釣回來。這裏包含一個很重要的名詞——「不需要技巧」，而攝影就不完全是這回事，「利器」之外，還需要技巧。

因此硬體之外，還需要軟體配合，國人在攝影作品上，是江山代有才人出，在國際攝影界有一定的席位。但更深層點看「利其器」，這「器」，百分之九十都是日本造，其餘百分之十就是德國、瑞典的。國內在五〇年代，沒有外來品牌進口時，

曾經有海鷗照相機供應市場，可惜現在除成為收藏品之外，已經沒有人應用。目前鏡頭方面，國內有幾家廠家製造，但在自動對焦及部分細節方面，仍與國外有很大差距，所以市場份額幾乎可以略而不計。

國人在「器」的應用上，可以登峰造極，不亞於國外。但在創造、製作「利器」方面，則明顯不足。歸根究底還是由於現今社會急功近利的風氣，導致對基礎學術的研究不足，製造材料、工藝的落後，這不僅反映在照相機的製造上，也反映在其他先進的器械上。

大飛機919已經開始試飛，雖然這是個系統工程，不過其零配件百分之八十五還是來自國外，但起碼是很好的開始，就像船舶、高鐵等的製造，可以逐漸向純國產化邁進。如今晶片的製造，由於美國對ASML工廠出口的限制，國內無法取得EU V光刻機，因而不能製造高端的晶片。

塞翁失馬，焉知非福，沒有這些磨難，國人不會體認到卡脖子的痛苦，我命由我不由人，只有自立自強才是最根本的大道理。

隨筆 90

快與慢

筆者凡事只求快速完成，這毛糙性格，早有跡象，當年在大專聯考，考數學時，在限時一小時的考試時間內，我在四十幾分鐘時，已完成答題，此時見同考場之陳立樹同學已經交卷，心想：「立樹何人也，有為者亦若是」，來不及檢查答案，就匆匆交卷，結果錯了一個正負號，聯考少了十幾分，否則就是另外的人生。

在生活細節中，又聯想起早年在美生活的些許小事，都成為我粗枝大葉性格的犧牲品，因為美國專業勞工收費很貴，水管工也好，汽車工也罷，麻煩他們一次，可能我一週的工資就白做了。所以在美生活，最好能十八般武藝，樣樣精通，才不會為錢所困。

筆者年輕時，貧窮並沒有限制了我的想像力，自認天下無難事，只怕有心人，這些雕蟲小技，焉能難倒老夫。結果悲劇了！後果很嚴重，本來只是要換水龍頭中的橡皮圈，結果要請水管工來換整個水龍頭；換機油，卻在車庫前，留下永恆的痕跡。

退而思之，這些都是簡單的小技巧，原理很簡單，現實很殘酷，心浮氣躁的我，心急吃不了熱豆腐，將小患變成大患，從幾毛錢的開支，轉變成幾週的生活費，後來內人只要聽到我要自己動手，就嚇得趕快叫專門的工匠來，也好！省我的事！

但也有許多友人，從此變成專家，無論是電工、水管工、汽車工、木工、水泥工，甚至園藝工，都是一通百通，成為專家。子曰：「無欲速，無見小利。欲速，則不達，見小利，則大事不成」。研究他們的成功因素，主要是不急於求成，不拘泥於馬上看到結果，一步一步按部就班，方能大成。

走筆至此，突然頓悟，以前提到的「定、靜、安、慮、得」，在這裏得到驗證，不光是眼到、手到，更重要的是心態要沉靜下來，才能慮、才能得。現代企業講究效率，一切求快求好，但如何在快和慢之間求得平衡點，才能更好地完成任務。

世事如棋，凡事不能衝動，總要三思考慮到後果，謀定而後動，故「君子藏器於

身，待時而動」，只有如此，才可以「凡事豫則立，不豫則廢」，活到老，學到老，我當銘記此言。

隨筆 91

風雨前夕

這兩天有颱風臨近消息，也有美國眾議院議長要訪臺新聞，風雨前夕，「黑雲翻墨未遮山，白雨跳珠亂入船」，讓人心弦緊繃，時刻關注未來的發展。

久旱不雨時，也盼著颱風來，但風調雨順間，颱風來到就不是時候，尤其是暴雨成災，「雷聲千嶂落，雨色萬峰來」，結果是女議長來了又走了，五十萬人追蹤著飛機去向，真可謂驚心動魄，「澗底松搖千尺雨，庭中竹撼一窗秋」，換來繞臺軍演三天，得失之間，唯自己衡量。

對於風雨，農夫、遊客、詩人、學生，可能都有不同的看法，「愛惡親疏，興廢窮達，皆可以成義」，只因為每個人的立場不同，需要不一樣，因此看法各異。裴洛西之行，各有各的小算盤，最後是各取所需，皆大歡喜。

不過得與失之間，還是有區別的，有人只顧眼前小利，迷予大局，贏了面子，輸了裏子，似得實失。有人格局大，站的高，看的遠，由近處看，似乎是錯失良機，但在遠處就一目了然。「遊人腳底一聲雷，滿座頑雲撥不開」，只有雨過天青時，「柳枝經雨重，松色帶煙深」，才能看得出真相。

「風雨如晦，雞鳴不已」，守得雲開見月明，凡事要分清本質，輕重緩急要拿捏得準。得失之間，時間是另一個考慮的度量，「難將憂國意，涕泣向蒿來」，讓我們拭目以待吧。

隨筆92

仁與公關

高三的時候，為準備考大學，強攻數學，自認為對解題很有一套，但從未究其公式根源，進大學後，數理都是英文課本，雖對二十六個字母，通通認得，但拼在一起就像天書，因此頻頻「掛科」，就不奇怪了！這也難怪二弟說：「我們來美，是用高中程度，讀研究所」。

不僅是英文，連中文也是如此，知其然，不知其所以然，以前看書是得過且過，一翻而過，現在有時就會發生聯想及思考，希望悟到其更深一層的內涵。

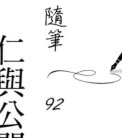

最近看「人」與「仁」兩字，就有不同的感悟，人是單獨的個體，兩人以上的關係就是「仁」，起源於戰國時表示，對人友善、相親、愛人……的意思，後來衍生為儒家的中心思想，從孔孟一直到現在，儒學講究的就是一個「仁」字。

《論語》中從頭到尾談的都是仁，但最重要的就是談「克己復禮」跟「孝悌」，子曰：「克己復禮為仁」，「孝悌也者，其為仁之本」，其實講的就是「人」與「仁」的關係。

「克己復禮」跟「孝悌」，是

個人修身的根本，「本立而道生」，而「道」就是仁心、仁愛、仁義、仁愛、仁政等，「夫仁者，己欲立而立人，己欲達而達人」，所以自身的修為為基本，培養、修練與他人的關係，就是「仁」。

再轉念一想，現代人講人與人的關係，不就是公共關係嗎？真正好的公關工作者，一定是設身處地，替對方著想，西諺稱：「試穿對方的鞋子」（Put yourself in someones shoes），要做到「己所不欲，勿施於人」，然後才能「推己及人」，提出最好的公關方案。

我想以後不僅是公共關係的人員需要，如果在位者都能瞭解人與仁的關係，換位思考，則人民幸甚，國家幸甚。

隨筆 93

進退之間

前天承蒙劉主儀女士邀約，在永大社會福利基金會茶敘時，見牆上有吳昌碩所書之「明道若昧」書法，並有「蓋以人之所能，而不自炫其能，古人之虛懷，有如是爾」之題跋。這句子是出自老子《道德經》：「故建言有之，明道若昧，進道若退，夷道若類」，意思是瞭解「道」以後，卻狀似愚昧，循「道」前進，卻像退縮，雖然「道」很平坦，卻要像走崎嶇山路一樣，總是小心謹慎，怪不得老師總罵我笨，原來是說筆者大智若愚，在誇獎我呢。

總而言之，《道德經》所提，及吳昌碩所詮釋，都是主張在做人做事方面，保持如臨深淵，如履薄冰的態度，《淮南子》：「聖人敬小慎微，動不失時」，只有這樣的做事態度，才能夠抓住時機，適時而動。現在的網路語言，就是低調、低調、再低調，問題是像筆者這類最低層的人，本身欠缺能耐，低也低不到哪里去了？

往深處想，進難，退更難，進是朝著目標，奮力向前，是跑步向前？還是匍匐前進（像筆者）？總有希望，即使只有寸步，也可慰籍。但退的學問就大了，首先要知所進退，「賢人識定分，進退固其宜」，該退即退，不可戀棧懷祿，所謂「識定分」，就是要問你對社會，還有多少「貢獻」，而不是社會對你，還有「貢獻」的時候，「誰似浮雲知進退，才成霖雨便歸山」，如能如此識時務，可稱俊傑永留芳。

「弘道識行藏，匡時知進退」，既然退了，就不要再眷戀餘溫，該放手他人矣，正所謂隨緣，放下，「無去無來無進退，不增不減不抽添」，還將身世托林泉！

隨筆 94

茶與咖啡

雙親都是濃茶客，從小就看到他們喝茶，茶杯中半杯都是茶葉，筆者自己開始喝茶，應該是離家，到大學讀書時開始，但與咖啡結緣，則是赴美開始工作後，公司永遠有一壺香噴噴的熱咖啡供應，坐在辦公桌前，隔段時間，總要起來走動下，以張省省性格，不喝白不喝，從此就喝上癮。但在家因為煮咖啡麻煩，所以多數還是喝茶，茶與咖啡就共存在筆者的世界中。

十幾年前，曾就茶與咖啡各做一首小詩：

〈茶〉

等所有真實沉澱
追求的　只是
一壺　淡淡的苦澀
容你回味
品嘗

〈咖啡〉

加奶、加糖
好迷惑自己
明知這杯苦汁
喝下
就不能　逃避
體驗人生

其實，茶與咖啡就是中西文化的代表，都起到提神醒腦的作用，殊途同歸，也無分優劣，茶比較清淡雋永，回甘留芳，咖啡性質比較猛烈，尤其是黑咖啡。筆者習慣是清晨起來寫文章，一杯咖啡，對醒腦的作用很明顯，對常常坐著都想打瞌睡的我，一天就

要喝三、四杯了，但咖啡喝多的結果是嘴中乾燥，這時一杯清茶，就適得其分，而且茶葉可以兩泡三泡，非常適合筆者的性格，就以筆者對茶，寫的另一首小詩，作為本文結束。

〈茶，另一章〉

霧氣迷蒙
茶葉緩緩沉下
升起的是　　夢
　　是　　詩
沉下的是　　現實
　　是　　飽受煎熬的軀骸
當迷霧消失
葉片靜靜的安息　　　　留下
這杯苦澀
耐人回味的　　茶

隨筆 95

習慣了也就好了！

這幾天耳朵尖，聽到人家在議論，張某人，書讀不好，腦子又不太好使，怎麼生活卻過得有滋有潤，我聽了沒生氣，卻想了三天，為什麼現在生活還挺悠閒，沒什麼壓力？最後得出的結論是，筆者的抗壓能力特強。

小時候父母給的壓力，不是特別大，最多回家挨頓打，習慣了也就好了！後來在學校中，每次考試排名，往前看同學都在，往後看老師簽名，習慣了也就好了！幸運的是，不管考小學、考初中、考高中、考大學，居然都擠進學校，而且都還是重點學校

（不能給讀過的學校抹黑），所以少年同學多不賤，給了我很多吹牛資料（某某某都是我同學），與同學比較的壓力雖然有，習慣了也就好了！

後來到美國去念研究所，人生地疏，囊中又無錢，加上大學之學習根基又不好，不能說沒有壓力，習慣了也就好了！工作後，天天要開會，寫工程報告，接見廠商，主持工程招標等等，加上跟老闆關係不好，日子就這樣過去，習慣了也就好了！

結婚後，上有老，下有小，交通之外，家裏總有些繁雜事宜，需要料理，喘口氣，習慣了也就好了！更麻煩的是，因為工作不順，就出來經營餐館，結果志大才疏，管理不善，引致財務危機，官司纏身，咬咬牙，習慣了也就好了！

「憂勞可以興國，逸豫可以亡身」，雖然沒有興國，但至少沒有亡身，而且生活幾經起伏，壓力是逐漸加大，因此抗壓能力特強，一切習慣了，也就好了！有的友人，因為一生順利，一旦受挫，或者退休，落差太大，承受不住壓力，而變成落落寡歡，不若筆者，久居危中，偶有一得，自當喜滋滋矣！

附註：本篇為行文方便，有時難免過甚其詞，不可盡信，但不可不信。

隨筆 96

談談古玩

大約二十多年前，開始對古玩產生興趣，當時阮囊羞澀，七拼八湊地買了一、兩件東西，蔡興濟老師就對我說：「古玩就像毒品一樣，會上癮的，真想看東西，就到博物館去」，話雖如此，他講完後，馬上就把他收藏的東西拿給我看。唉！有這樣的老師，就一定有這樣的學生。

二〇〇三年個人先來上海後，沒了管束，如魚得水，一發不可收拾。除去參加華師大及老人大學的各類古玩培訓班外，就是買！買！買！最後，家中成了地攤貨的批發

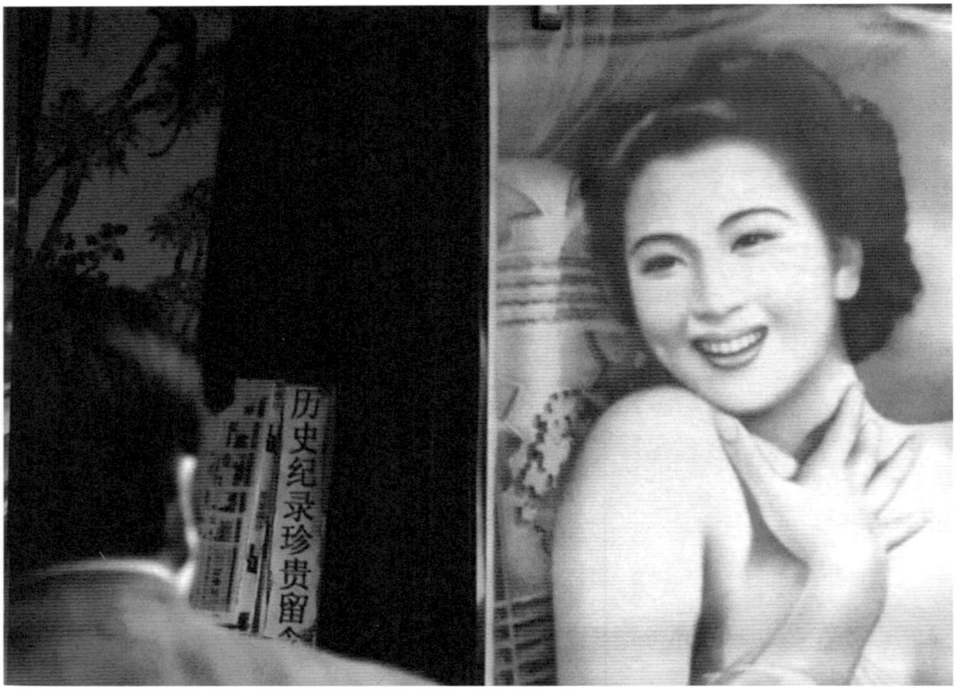

商，而且不但省吃減用，把平日開支縮到最小，連原來準備房子裝修的費用，也花得一乾二淨，等到第二年，太座降臨，發現生米已成熟飯後，只有收回財政權，形成今日局面，自作孽，不可活，是之謂也！

如今垂垂老矣，這次九個月遊蕩在外，與許多老友相會時，發現大家都在減負，問及在下，茫然不知所對，想到一屋子的「寶貝」，真不知如何處理？本想到城隍廟也去擺個地攤，但不知還找不找得到像我這樣的顧客？而且既拉不下面子，同時體力也不允許，只有作罷！

「世俗人為物累，為形役，只為失其本心，不悟明德」，梁漱溟的這句話，就好像是形容我似的，也罷！就以宋人鄒浩的詩句：「不為換鵝為物役，焚香閑自寫黃庭」，做總結，寫寫隨筆，發洩些情感吧！

隨筆 97

攀比與圈子

前兩天看到一句話，「生活累，一小半源於生存，一小半源於攀比」，仔細想想，還真有道理。不過這句話，還是應該將生存環境加以區別，在最底層的民眾，生活累，主要是由於生活，越往上層走，生活累的原因，由於生活的，就慢慢減少，而由於攀比的就越來越多。

另外一句常常聽到的話：「圈子決定格局，層次決定高度」，其實圈子有很多種，有各級校友的，有同一機關的，有社交的，有各種嗜好的，有各類專業的，

等等，不一而足。當然「處沃土則逸，處瘠土則勞，此繫乎地者也」，每個圈子都有每個圈子的作用，也會有不同的層次，但這並不是必然的條件，不過圈子的層次越高，攀比的機會也越多。

子曰：「君子周而不比，小人比而不周」，君子廣交朋友，而沒有私慾，小人與人交是因私慾，而並非一視同仁。當因為私心，而進入某一圈子的時候，就不免有攀比之心，生活就很累了！所謂「君子坦蕩蕩，小人長戚戚」，就是這個意思。

現在退休在家，也有些圈子，都是退休的小青年（別人），跟老人（我），一切無所求，沒得攀比？過得倒也輕鬆自在，「唯我老且閑，獨得離圈柙」，所以「有求」才是攀比的最重要起因，感謝上蒼還我自在身，活出自己來。

隨筆 98

再談攀比

上篇談到圈子與攀比，覺得意猶未盡，因為談到層次的時候，沒有將精神與物質講的清楚。

子曰：「賢哉，回也！一簞食，一瓢飲，在陋巷，人不堪其憂，回也不改其樂，賢哉，回也」，孔子說顏回不論在吃、住方面，都是非常簡單，別人都不可能忍受的時候，顏回卻「樂」在其中，這個「樂」就是精神層次的境界。最近北大數學天才韋神，韋東奕，在衣食方面都極其簡單，每天就沉醉在數學問題的思考中，連關燈躺床上，

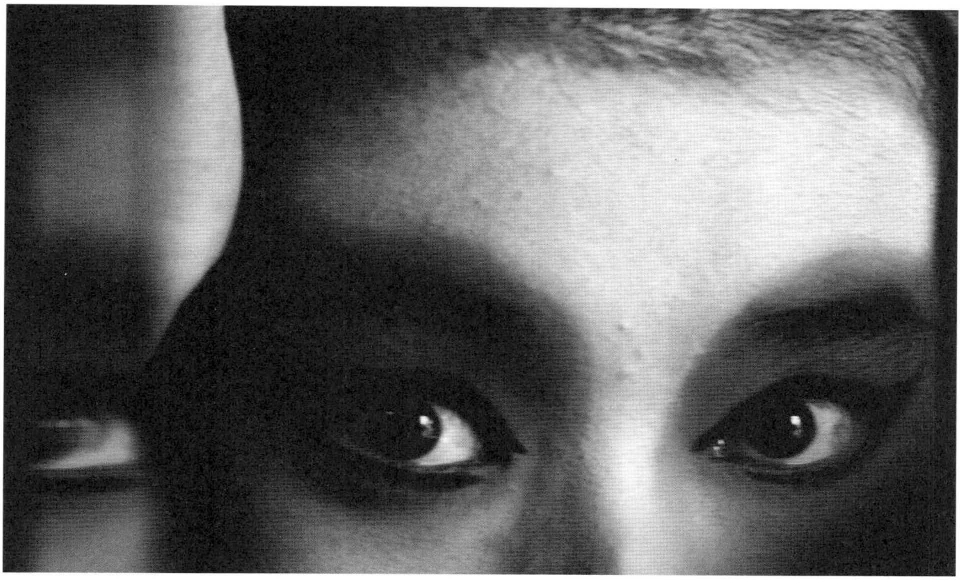

想到某一數學問題時，都能笑出聲音來，「樂」在其中。

這種「樂」，也是得自攀比，例如哲學問題的思考，數學難題的解答，都是攀比，不僅與古人比，與其他人比，也與自己比。近幾十年，無數科學家、工程師、技術人員，形形色色的人們，隱姓埋名，埋頭苦幹，為兩彈一星的發展，做出卓越的貢獻，幾代人的努力，何嘗不是為「信念」、為「國家」、為「民族」，與外人攀比，當成功的一刻，流出欣慰的眼淚，「樂」在其中，這都是精神上的層次。

但是一般人在衡量成功的時候，

都是以物質作為標準，其實古往今來，許多富可敵國的例子，如石崇、沈萬三、和珅、胡雪巖等，不僅自己結果淒涼，而且禍延子孫。

現代的許多富豪，包括各種某二代，攀比的都是財富，或者可以用財富換取的色相、名譽、地位等等，儘量在物質上追求，而忽略了精神層面，結果往往是「眼看他起高樓，眼看他樓塌了」！

精神層面也好，物質層面也好，都要有所求，「君子愛財，取之有道」，筆者不是不喜歡財富，只不過年輕時，既無祖蔭，又生性愚魯，取之不到，精神層面更無法企及，現在這些牢騷之言，也許是酸葡萄反應吧！如今年老體衰，只能無求，「枕石眠雲碧嶂前」，笑看天下人、天下事了！

隨筆 99

論道

《列子》曰：「色盛者驕，力勝者奮，未可以語道也」，血氣強的人驕傲，力量大的人奮勇，都不可以跟他們談經論道。

「夏蟲不可語冰，井蛙不可語海，凡夫不可語道」，本來像筆者這樣的人，是不可以論道，但是真正懂道的人，也應該聽聽我們這些凡夫俗子的疑惑。「道可道，非常道。名可名，非常名」，「道」如果可以用言語來表述，那它就是一般的「道」；「名」如果可以用文辭去命名，那它就是一般的「名」，既然不能夠用語言或者文字來表達真

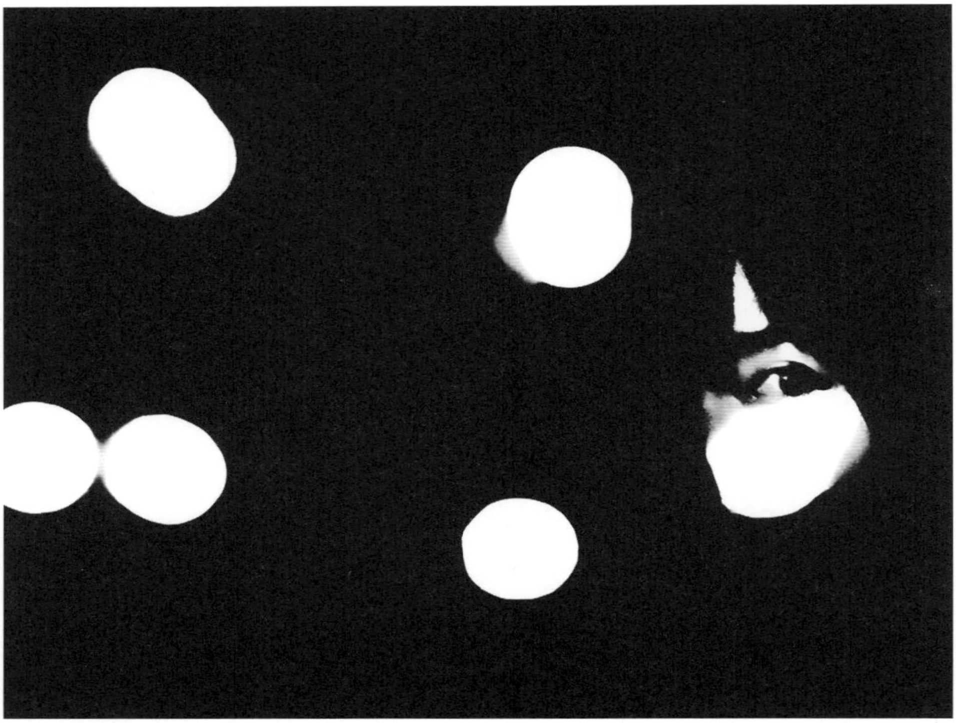

正的「道」跟「名」，就是憑各人的想像空間，隨你去說。

其實讀書原不必求甚解，我們看書，第一遍會有一種解釋，再看一遍，會多一層瞭解，到第三遍的時候，又會有不同的領悟，與其以有涯之身，窮無涯之學，危矣！但如果讓夏蟲體驗到冰的滋味，而井蛙可以看到海的遼闊，就會有另一種體會，「朝聞道，夕死可矣」，所以又不能不學！

今天我們凡夫俗子不必研究宇宙的起源，知道有黑洞也就可以，不必研究晶片的製造工藝，知道有紫外線及極紫外線光刻機就可以，其實不單是做學問如此，世間萬物皆可作如是觀，行百里者半九十，走得精疲力盡的時候，與其望著終點興歎，不如及早抽身，欣賞半路風光。

蘇東坡有首詩：「路轉山腰足未移，水清石瘦便能奇」，是走到半山腰，看到風景如畫，怡然自得的感覺。到老朽這年紀，一切隨緣、隨性，不必盡力到山頂。「故年老而不衰，智盡而不亂，故治國之難，在於知賢，而不在自賢」，我現在雖然是「年老」、「智盡」，但不敢說是「不衰」、「不亂」，但好在不治國，也不自賢，人貴自知，行於所不得不行，止於所不得不止，餘下的就留給專家學者去論道，不在此胡言亂語矣！

隨筆100

知與行

中學時候，就學習中山先生堅持的「知難行易」，好像是當兵時候，又接觸到蔣公極力推崇，陽明先生主張的「知行合一」，後來又讀到《尚書》中：「非知之艱，行之惟艱」及孔傳：「言知之易，行之難」，這些「知易行難」的論調，讓我小小的腦袋，產生剪不斷理還亂的混淆。

反正公說公有理，婆說婆有理，只有依據個人的立場，當時面對的環境，而有不同的判斷。比如說叫我修理家中水電問題，肯定是「知難行易」；叫我剪草、倒垃圾，絕

對是「知易行難」；讓我上館子吃飯，那一定「知行合一」，筆者可以依據，當時面對的要求，而有不同的解說與動作。

「大道至簡，知易行難」，譬如道德的標準，從小到大，都是耳熟能詳，但真正又有幾個人能做到位呢？又如同筆者燒的一嘴好菜，但真真這輩子除煮速食麵外，只下過兩次廚房，成績就不在此詳述。

「實踐是檢驗真理的唯一標準」。

「讀書百遍，其義自現」，但有的事不是簡單的讀書就可以解決，微波爐用起來很方便，原理就比較要深究，GPS使用很方便，但牽涉到衛星、頻道、通訊等等，就不是筆者所能瞭解。又如女朋友的心，你是讀她千遍萬遍也不懂，但真瞭解後，「偷心」就不會那麼難。「世事洞明皆學問，人情練達即文章」，都是「知難行易」啊！

不過「博觀而約取，厚積而薄發」，世間萬物皆有其相生相剋之道，「書到用時方恨少，事非經過不知難」，世間萬物，皆有可學，人行三數，必有我師，舉其善者而從之，其不善者而改之，這都是「知」，說難不難？說易不易？故王陽明才提出「知行合一」，但陽明先生的「行」指的是「一念發動處即是行」，是將知與行混合在一起。如果是知易行易，那就沒有問題，但如果是知難、行難，就很難了。比如說情人節，你想送女朋友禮物，如果她肯告訴你，心儀的想要什麼，那知就很易，否則就很難，而你能不能做到，要看客觀的環境，和你的能力？所以知也好，行也好，能否知行合一，都不是依靠你主觀的意願，所能左右，像現在我國被卡脖子的飛機發動機、晶片、光刻機等等都是知難行難，只有慢慢的、一點點的，知行合一了。

「長風破浪會有時，直掛雲帆濟滄海」，以國人的智慧、意志力，我相信這些難關總會被攻克，揚眉吐氣必可待焉！

隨筆 101

言與不言

以前在美工作時，常要參加各種大小會議，剛去時，遵循國人謙遜美德，不大發言，後來發現不說話，就當你是啞巴，是可忍，孰不可忍？以後勇於表現，尤其是有關專業問題，豈能讓人看低我中國人的智慧。我有位印度老闆，每次開會前，還要我替他準備兩、三條專業問題，讓他在開會時也有話可講，另外一位上司，因為對專業不懂，就專門問些財務方面事宜，免得被人看做傻子。

在國內開會時，發現多數人都保持沉默，只有兩、三個發言的，也多數是符合主

席意見，加以「發揚光大」。後來在電視上看到，更是大家鼓掌通過，看多後，就不以為異，儘量「同流」了。其實「柔弱生之徒，老氏誡剛強」，古人早有明訓，即使有不同意見，國人講究的是事先協調，事後私下溝通，從不在公共場合刷領導面子，槍打出頭鳥，所以明哲保身也！這道理誰都懂，中外皆然，只是國內尤勝，發揮淋漓盡致而已！

國外的教育，從幼稚園起，就鼓勵小孩，儘量發表自己的意見，勇於表現自己，也比較能夠接受批評的意見，反面效果就是逞能，只會三分的，要吹成八分、五分的，就是精通；而國人懂八分的，只敢說是三分；精通的，只敢說懂一點，這是東西方文化的差異。

「話到嘴邊留半句，事從理上讓三分」，這是古人教訓，教人避免多言賈禍，方能進退自如，可是因循苟且的結果，常是真理被埋沒，形成一言堂，小則誤事，大則誤國，能不慎哉！

隨筆 102

主流

首先要定義什麼是主流或非主流，「眾人皆醉我獨醒」，醉的是主流，醒的是非主流，但三人可為「眾」，也可以無限上綱上線，「我」可以是「獨釣寒江雪」，也可以是零零落落的少數。

「醒」可以是獨立特行的人士，也可能是腦子進水，需要去「600號[1]」診斷，精神障礙病患，更可能的是，這兩項都沾點邊，分不清，講不清爽的個體。「醉」可能是抱著不醉無歸的心情來的，也可能是「守著窗兒獨自，怎生得黑」，而不得不醉，更有

1：「600號」指中國的「上海市精神衛生中心」。

可能是眼看眾人大勢，隨眾鬧酒的結果。

筆者一生都是非主流，小時候常在教室前面或外面罰站；及長，老師提到就會咬牙切齒；工作後，同事都儘量保持距離，涇渭分明，正所謂「花間一壺酒，獨酌無相親」。有趣的是，筆者在美時，曾幫不少公職候選人競選，凡我助選者，必敗。有次替剛剛下臺的美國移民局局長，競選市議員，居然也是落選下場，不得不承認自己是非主流的剋星，所以許多人曾建議我回臺，替蔡某某助選，也許小兵立大功，讓她落選，終因理念南轅北撤，被我拒絕。

不過隨著時間的演變，主流與非主流，也會發生變化，既然是「流」，就可以隨波逐流，前天看到一位大佬，要豪捐三十億給他曾經反對的組織，「人生若只如初見，何事秋風悲畫扇，等閒變卻故人心，卻道故人心易變」，各人有各人的盤算，名也好，利也好，只有自己心裏有數。

還有許多人裝瘋賣傻，譁眾取寵，只為吸取他人的眼球、流量，冒充非主流，其實他自己是啞巴吃湯圓，心裏有數，因為現在流量可以與利益掛鈎，這種人越來越多，也許是非主流中的主流吧！

「人生天地間，忽如遠行客」，主流也罷，非主流也罷，如今思之，都是過眼雲煙，「桃李春風一杯酒，江湖夜雨十年燈」，但求把握現在，過好每一天。

隨筆 103

平等

唐朝張九齡有詩《感遇十二首》：

江南有丹橘，經冬猶綠林。
豈伊地氣暖，自有歲寒心。
可以薦嘉客，奈何阻重深！
運命唯所遇，循環不可尋。
徒言樹桃李，此木豈無陰？

這詩很有意思，說江南丹橘四季常青，可以像桃李一樣送給客人，就因為山高水阻，交通問題，而被埋沒，意有所指的象徵人之命運，何嘗不是如此。

由此聯想到立足點的平等，每天要跋涉兩、三小時山路到學校的學生，與在城市中，住學區房的學生，其立足點，怎麼能夠平等呢？

更何況師質、資源、家庭及周圍環境，等等的不同，學生將來的成就，自然也是天差地別。所以說不要輸在起跑線上，及立足點的平等，在目前的情況上來看，都是假命題。

最近聚完餐後，都喜歡用手機拍張合照，然後矮的坐前面，高的站後面，照出來怕臉胖的往後走，等通通調整好以後，裝個笑容，比個手勢，咔嚓一聲，完成任務。照片雖然還是有點高低參差，沒有做到真正的一般高，但基本上很協調。但攝影可以，在社會上，要搶「C位（Center）」，佔據好位置的，肯不肯移動？都是問題，要做到這樣的假平等，有難度。

真正的平等還是要從基礎做起，國內的交通建設，紮下了很好的根基，但社會的基礎建設，包括教育醫療的普及、資源的分配、老有所養，幼有所育之均衡發展，即使我

們不能做到真正的立足點的平等，但起碼不要等到有人跑到目標後，還有人沒到起跑點，這將是國人的恥辱！

隨筆 104

外圓內方

最近因為航班一直被取消，在臺灣滯留了三個多月，心煩氣躁，最近一次親去航空公司，商談機票改簽事宜，躁鬱症幾乎發作，正想大聲據理力爭，被內人及時制止，並令離開航空公司，經她兩、三小時的軟磨洽談，終於換得理想中的機票。

由此想到《菜根譚》中名言：「處治世宜方，處亂世當圓，處叔季之世方圓並用」，意思是當太平之世，各項法律規章都有典範，所以做事也要方方正正；在亂世，處世就要非常的圓通、小心，以免招禍；而在動亂之時，就當方圓並用。所以諺語說：

「外圓內方」，在社會上儘量圓融，但原則不能丟失。

子曰：「邦有道，危言危行；邦無道，危行言孫」，此處「危」，根據《廣雅》：「危，正也」，所以在邦有道的時候，要正言正行，邦無道時，還是要正行，但是言語就要小心謙遜，以免多言賈禍，也是外圓內方的意思。

所謂圓融之道，呂坤在《呻吟語》中申論：

「處利讓利，處名讓名，淡然恬然，方不與世忤」，這就是處圓之術，名利身外物，稍讓他人又何妨？「君子固窮，小人窮斯濫矣」，只要守著正行的本分，立得直，行得正，留有用之身，待有道之時。但這還是要有個前提，「正行」不能忘，在唐山打人案中，如果多數人能挺身而出，而不是袖手旁觀，也許慘案就不會發生，最近，唐山又發生一起白色汽車，連續碾壓一個女人的案子，手段之殘忍，令人慘不忍睹！似乎唐山是在「邦無道」的狀況，使得眾人只有「圓」，而無「方」，沒有「正行」，故君子可以讓名、讓利，沒有關係，但不能讓掉做人的本質。

《圍爐夜話》中，有段話可以拿來做結尾：「嚴近乎矜，然嚴是正氣，矜是乖氣；故持身貴嚴，而不可矜。謙似乎諂，然謙是虛心，諂是媚心；故處世貴謙，而不可諂」，意思是要莊重而不是驕傲，要謙虛而不是諂媚，這才是外圓內方的根本。

隨筆 105

話說唐山

前幾天在某個群組裏，看到些聊天記錄，談到唐山這地方，因為接二連三，駭人聽聞的案件發生，沒有人敢去。孔子曰：「里仁為美，擇不處仁，焉得智？」，大家都是聰明人，所以對唐山，敬而遠之，冰凍三尺，非一日之寒，唐山落到今日這個地步，應該是其來有自。

筆者很早就聽過唐山這個地名，因為家嚴公司四個合夥人中，除家父外，其他三位都是唐山交大的畢業生，所以對唐山有著憧憬、望之彌高的感覺。再次聽到唐山的名字是八五年到天津時，聞及市府官員提到唐山地震，由政府撥發巨資重建，而興起的同情之感。

從唐山最近幾屆的許多市委、書記、公安局長等，都被雙開（指中國共產黨員被同時開除黨籍與公職）的歷史來看，黑社會及其保護傘的成長壯大，並非一朝一夕的功夫，冰凍三尺，非一日之寒，「邦有道則仕，邦無道則隱」，整個社會都被裹挾，而造成今日的局面。

與其責怪旁觀者，不能挺身而出，不如反問自己，處在當時情景之下，會做何舉動？「君子求諸己，小人求諸人」，從政府派巡視組到達地方後，舉報案件數以千計，可知民怨甚深，只是畏於淫威，申訴無門，就難怪案發時的民眾反應了！

從唐山案例來看，公權力的不彰，這「不彰」，不一定是法規的不健全，恐怕與執法者的態度及力度有關。另外從霸座、碰瓷，這些越來越多的刁民行為來看，民眾對法律意識的淡薄，是源於無人執法，筆者初到上海時，因見騎電瓶車者橫衝直撞斑馬線，引起爭執打架，最後被人稱做「犟頭（上海話，形容人的個性倔強）」。近年雷厲風行的行人優先政策執行後，筆者也學著圓通，加上體力衰退，這類事故就不會再發生了。

子曰：「導之以政，齊之以刑，民免而無恥。道之以德，齊之以禮，有恥且格」，

法律規章至少可以使得民眾不再犯法，但根本還是要從道德、信仰著手，「君子務本，本立而道生」，如今一切向錢看，義、利之分不再明顯，見義未勇為，心中沒有愧疚之感，則法律規章之下，總有漏網之魚。

「處治世宜方」，如果有一天，不再需要外圓內方，而是該方則方，就是天下大治了！

隨筆106

誠信

最近「論文門」、「學歷門」，鬧得很凶，由上到下，由左到右，官場、學界、民意代表，真是遍地開花，目不暇接。但許多洗白文章，指出能力才是重點，論文也好，學歷也好，都可以撇開不論。

筆者不是懷疑這些人能力，能夠混到他們今日的地位、頭銜，想必有過人之處，但衍伸到問題的本質是「誠信」二字，《韓非子》：「小信誠，則大信立」，如果個人小事的誠信都做不到，又怎能信託他們擔任的職務？從事的行業？

誠是信的源頭，無誠何以言信，言必信，行必果，是做事的根本。《荀子》：「言無常信，行無常貞，惟利所在，無所不傾，若是則可謂小人矣」，如果一個人言而無信，行而無規，只看利益所在，就鑽營爭取，是標準的小人，則「民」何以去相信這樣的小人行徑！

許多夫妻抱怨對方婚前一副嘴臉，婚後又是另一副形象（百分之九十九點九九是妻對夫，但男女平等，所以如此論述），因此做人不可以輕言諾，否則舊帳可以跟隨一生。個人如此，為政者何嘗不是如斯？《道德經》：「夫輕諾必寡信，多易必多難」，如果政府或議會，三令五申，朝令夕改，只從自己的角度、利益，去觀察並改動法規、政令，自然會失信於民了！

王安石的〈商鞅〉一詩：「自古驅民在信誠，一言為重百金輕，今人未可非商鞅，商鞅能令政必行」，以商鞅立木取信，只要將一根木柱從南門搬到北門，就許諾百金的故事，作為建立一個「信」字，故可以政令通行。

「民無信不立」，要讓老百姓信服，最重要的還是「誠信」，今日觀之，只能一歎！

隨筆 107

兩岸同源

臺灣近年來，努力想抹去中國的歷史文化之痕跡，「去中化」，在教改、網路、政客言論中，無所不用其極，而且收效甚豐，許多人寧願做外人的狗，也不想跟中國扯上任何關係，但最近一個例子證明，中國文化根深蒂固，深植在兩岸人民的骨髓裏。

這兩個月發掘出來的一條熱門新聞，是國內的經濟學權威、北大某學院的院長陳某花博士，其博士學位存疑（現在碩士學位也有爭議），刨根究底的追尋下來，是復旦大學的首席教授、某院院長，榮譽等身的蘇某某教授，在歐洲設立（對不起，弄錯，是註冊）的一個野雞大學，由其兒子出任院長，只要交人民幣六萬六千元，就可以獲得學位，目前，已有六百多位繳費者，真是一本萬利的生意，難怪成為經濟學的翹楚。

無獨有偶的臺灣大學教授陳某通博士，又是臺灣國安部門的負責人，近年來經其指導獲得學位的學生達百餘人，包括前某市長候選人，林抄襲（非本人抄襲，是兩助理代上課後所為），有教無類，歎為觀止！陳博士指導的學生，共有一百七十三人，但只有五人願意公佈論文（有可能這是原版），又有某縣議長，有小學學歷，但努力向上，公餘之暇，用四年時間完成碩士論文（醫學專業題目，甚為艱深，筆者才疏學淺，沒有看懂），高手在「官」間，此之謂也！

兩岸思想，源出同門，而國人學而優則仕的觀念（現在的仕，是指可學、可官、可商、可富、可貴），深植人心，皆在本業的閒暇時間，謀求更上層樓，最近被雙開的官吏中，有許多博士摻雜其中，貪瀆之餘，還能夠努力向學，應該作為教育典範。有趣的是發生這麼多新聞後，北京大學、南京大學、臺灣大學、復旦大學，這些名校都沒有出來，做些正本清源的工作，還是比較遺憾的。

筆者退休後，一直想進中文系，再求深造，可惜門檻太高，且瑣事繁多，也沒有時間，只能望門興歎！如今看到這些爆雷新聞後，才知只要不是阮囊羞澀，能摸對門路，

這些都不是問題，所以圈子很重要，悔之晚矣！

隨筆108

面對失敗

這次疫情及中美爭端，使得許多人的境況，苦不堪言，不想灌輸危機即是轉機、失敗為成功之母……這類的雞湯，只想談談如何面對失敗：

1. 我曾告訴女兒，結婚的對象中，從小一帆風順的，應該不要考慮，不過她們十六、七歲離家讀書以後，思想已經獨立，一年就寒暑假見見面，所以我也沒有去考察，女婿們是不是這類型？幸虧他們兩家都事業平順，不必要去考慮受到挫折打擊後，會怎麼反應？但我有幾位友人，少年得意，可受挫折後，產生重大災難性的結果，令人惋惜，其實這三年的遭遇，是全球性的，就當做是一種磨練吧！

2.我一生無論在健康上、事業上都有過非常、非常、非常低潮的時候，幸虧都逢凶化吉，履險如夷，平安度過。因為好過也是一天，難過也是一天，日子總會過去，至今思之，反成為吹牛的資料。

3.曾經有位開小咖啡館的友人，每日生意就靠筆者呼朋喚友去捧場，最後，實在撐不下去，一逃了之，我知悉後，替他把所有員工欠薪結清（幸虧只有三人），他自己不到一年後，就

抑鬱而終。如果當時他肯面對現實，沒有逃逸，結果肯定不同，說不定還有東山再起之日。

4.「採菊東籬下，悠然見南山」，是何等泰然心態，能做到心境開拓，一切煩惱、苦難，自然減少，王維的〈鳥鳴澗〉：「人閑桂花落，夜靜春山空，月出驚山鳥，時鳴春澗中」，更反映出只有內心閑靜，才能安然物外。山林風月常在，世事過眼雲煙，放開心胸，天下沒有過不了的坎。

最後以詩云：「寶劍鋒從磨礪出，梅香還自苦寒來」，與諸君共勉之！

隨筆 109

棄與取的幾個小故事

小時候讀到一個故事，兄弟兩人，都收到陀螺玩具禮物，哥哥性急，剪開包裹，卻沒有繩子，去纏打陀螺，弟弟細心解開包裹的繩子，開始玩起來。這故事給我印象很深，所以現在家裏，包裹繩子存一大堆（可惜沒陀螺）。

最近友人搬家，突然發現帶不走這麼多東西，取捨之間，有太多的猶豫，拿起來，放不下，最後還是咬了牙，許多衣服，連標籤都還在，唉！人生本是如斯！

我與葦婷，如果收到禮物，或者是購買了新衣服，她一定馬上拿出來用，或者穿起

來，我喜歡留起來，等適當時間，再拿出來穿、用。但上海潮濕，偶爾清理時，發現許多衣服都被蛀蟲損壞，新衣標籤都在。糕點膳食，葦婷會揀喜歡的先吃，我寧願留到後來再用，好在兩人口味不同，加上先來後到次序不一，所以從來沒有爭執，不過我喜歡的糕點，有時沒嚐到就壞了。唉！「花開堪折直須折，莫待無花空折枝」，可為殷鑒。

最近在網上看到一個故事，說有位老太去安養醫院前，回顧住了幾十年的老宅，然後僱一部計程車繞城，最後在一個海灘邊停下，因為那裏有好多她的回憶，當她毅然上車去醫院時，就代表她一生的結束，山川風月依舊，只是容顏改，感觸良深！

就以唐朝張志和的《漁父歌》做結尾吧：

西塞山前白鷺飛，桃花流水鱖魚肥。
青箬笠，綠蓑衣，斜風細雨不須歸。

隨筆 110

再聊棄與取

筆者生於抗戰時期，隨父母赴臺後，又歷經起起伏伏，人生變化，所以特別珍惜物質，一絲一縷，常思來處不易，養成捨不得的習慣，因此家中總少間儲藏室（或不夠大）。

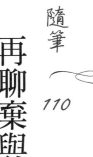

由於生長環境不同，加上老夫少妻，所以在舊物儲存方面，兩人就有代溝，但等到女兒家才知道，這不是代溝，而是進入代溝中間的小踏步。

以前出國時，每人都帶個大同電鍋，幾十年後還可以用，爽了用戶，虧了廠家，所

以當時的南唐榮，北大同都逐漸走入衰落。現在家電廠家，產品都以十年左右為界限，而且修不如買，鼓勵大家汰舊換新，以維護廠家的生計。

但處理廢棄的電器傢俱也成問題，爽了廠家，苦了環境，這次在美時，發現不用的冰箱、沙發、庭園傢俱，二手店都不肯來收，要自費花錢，拖到垃圾掩埋場處理。但早年在紐約時，許多留學生都在街上，撿別人丟棄的沙發、傢俱，度過學校生涯。此一時也，彼一時也，不可同日而語，製造廠商與消費市場的觀念都改變了。

這兩年，曾經有友人陸續搬進養老院，不論是幾十平米的居所還是幾百平米的豪宅，到頭來，都只能收拾少許必需品及衣服入住，所以棄與取，不僅取決於主觀的意識，也要看客觀環境的變化，嗚呼！所有外界的物品，我們都只是暫時的用戶。「荷笠帶夕陽，青山獨遠歸」，最後塵歸塵，土歸土，一切回歸自然！「回首向來蕭瑟處，歸去，也無風雨也無晴」。

就借蘇東坡的兩句詩做結尾吧！「人生到處知何似，應似飛鴻踏雪泥，泥上偶然留指爪，鴻飛那復計東西」。

隨筆 111

人與自然

最近全球酷熱，據倫敦專家的說法，這是近幾十年來，最熱的一個夏天，但也會是未來幾十年最冷的一個夏天，想想都毛骨悚然。

人與天爭的結果，是天災頻發，乾旱、山火、洪水、冰川融化、海水上升，而且這一現象是越來越烈，完全沒有終止的跡象。當人們體認到天道不可違的時候，提出了許多辦法，包括汽車排放標準、植被面積增加、新能源開發等等措施，想減少對生存環境的破壞。所有法規的指向，是減少二氧化碳在大氣中的排放，因此最後產生一個全球的減碳協定。

協定是有了，卻很難執行，先從個人說起，酷熱之下，叫人少洗澡、少開空調、減少私人開車、多用公共交通、儘量節省能源，言者諄諄，聽者藐藐，不知有多少人能做到。上升到國家層面後，每個國家都希望是其他國家減碳，而自己國家則能夠置身事外，以維持國民一定的生活水準。「利字擺中間，道義放兩旁」，人人如此，國國如斯，協定必將成為空談。

另外一個矛盾是，忽視了整個現象的因果關係，減碳是果，而真正原因是全球人口爆炸。筆者小時候住在湖南的鄉下，印象中還聽過遠山野獸叫聲，老人說是老虎吼，後來看報道，四〇、五〇年代，湖南山上確實有過老虎，而且有虎患，但如今全國的野生老虎，恐怕一個巴掌都數得出來。以前小學課本說中國是四億五千萬人，現在是十四億人口，加上科技的飛躍進步，資源的盡情掠奪，這才造成自然對人類的抗議。

有趣的是，大家明明知道，「都是人口惹的禍」，可是每個國家，因為生育率低，影響經濟成長，及形成社會問題，全在鼓勵生育。所幸的是，因為養育兒童成本太高，同時社會環境影響，年輕夫婦對養兒育女的意願，並不如政府的期待，而且這是全球性的趨勢。世界發達國家的人口都在負增長，也許再過幾十年，全球人口會日漸減少，

「蟬噪林逾靜，鳥鳴山更幽」，與自然達成新的和諧共存局面，到時減碳目的就自然達成了。

隨筆

寬容

112

筆者是天蠍座，善惡分明，受人點水之恩，定當湧泉以報，但同樣，「今以睚眥之恨，反成嫌隙」，就會牢記於心，故為人處世，不為眾所喜。而今年事見長，一因詩禮薰陶，二因內人勸導，三因記憶力減退，過往煙雲，多不存腦海之中（唯恩情永不忘）。

寬容，寬容，唯寬能容，筆者本身就是一個粗枝大葉的人，所以瑕疵之仇，不需要反求諸己，而是根本就沒注意到，因此不容易存在。但筆者的寬度也只有那麼大，有些事，就是過不了心中那個坎。近年來，我每年都有幾個月在外遊覽，世界各國也去了不少地方，唯獨日本，是個例外。早年女兒在京都大學做交換學生，後來又到東京

實習一段時間，當時岳母及內人都曾赴日探望，我則堅持原則，從未踏上一步。但反日不是反日本人民，「我不欲人之加諸我也，吾亦欲無加諸人」，我有過，也款待過日本的友人，但對南京大屠殺、731部隊，這些殘忍的場面，從未在我的腦海中抹殺，「君子之道，忠恕而已矣」，歷史可以寬恕，卻不能遺忘。

容忍，容忍，唯忍能容，每次看到彌勒佛的雕像，就想到大肚能容天下事這句話，像他這大肚，一定是能忍，被氣出來的。筆者在努力效法過程中，將腰圍從年輕時之二十六、二十八，到現在的三十三、三十四，略有所成，以情恕人，以理律已，而且現在做錯事，也知道向人道歉，進步不少（向自己臉上貼金）。

「有容乃大，無欲則剛」，「忍」字還是要以無求無欲為本，然後才能「以責人之心責已，以恕已之心恕人」，謹以此話與諸友共勉之。

隨筆 113

無賴與無奈

筆者最近在手機中，試用語音轉文字的功能，可惜因鄉音稍重，說筆者，出來是鼻子，說無奈出來的是無賴，說無賴出來的，又是無奈，心中一想，無賴與無奈倒是個好題材，做造句的話，可以用：這官員好無賴，百姓只能無奈！

說到官員的無賴，可以用下面這幾條證明：

1. 明朝解縉有副對聯：「牆上蘆葦，頭重腳輕根底淺；山中竹筍，嘴尖皮厚腹中空」，對現在某些官員，描述非常恰當，學歷是靠買的、升官是靠拍的；朋友圈中靠的是吹、對下屬則靠的是壓，放在市井之中，就是標準的無賴。

2.「少事武皇帝，無賴恃恩私」，在位時靠的是「恩」、「私」，所以迎合主子，欺上瞞下，就成為當然之事。

3.「諫不行，言不聽，膏澤不下於民，而但緘默固位，恬不知恥，又可謂賢乎？」，既然升官發財與老百姓無關，自然不接地氣，聽不進民意，看不見民怨，寡廉鮮恥，笑罵由他笑罵，好官我自為之。

4.「他人有心，予忖度之」、「巧言如簧，顏之厚矣」，這裏的他

人，可以指的是上司，因為上面的人，為避免負責任，話永遠說半句，讓下屬去揣摩猜測，因此常導致言而無信、朝令夕改的狀況。好在做官的人都會巧言如簧，自圓其說，所以臉皮一定厚了。

「這次第，怎一個愁字了得」，既然有官之無賴，民就只能無奈，孤臣無力可回天，「傷心秦漢，生民塗炭，讀書人一聲長歎」，除了長歎之外，又還能做什麼呢？「那堪疏雨滴黃昏」，思想起，三聲：「無奈！無奈！無奈！」

隨筆 114

去與留

這次本來預計兩個月的旅程，結果走了九個多月，包括近一個月的強迫隔離，及不知道多少天的志願自我隔離，「羈旅違我程，去留難雙全」，在艱辛回家路後，不由得要考慮去留的問題。

人生的考驗就是不斷在去與留做抉擇，每次決定，就定下未來的走向。「留」雖已知，但含有未來的變數，「去」雖未知，但有對未來的憧憬，去與留，都是根據個人理性的分析，而對不可測的賭博。筆者曾親身經歷，或目見耳聞許多歷史性的時刻，去或留，都形成命運的分割點，而選擇的成敗，都只能自己承擔（實例不詳述，你懂的）。

歷經這次疫情，許多友人在考慮去留問題，各人有各人的處境，也有各人的考量。

「去留無所適，岐路獨迷津」，年輕時的選擇，不單是個人的喜好，還有家庭的顧慮與

影響。譬如筆者若能早一年考大學，當時文理不分組，就可能去讀經濟或歷史，人生又是另一回景象。吾二弟，五十年前的博士論文，就在人工智慧領域，但他後來的工作範疇，卻略有不同，孰優孰劣？現在無從分辨，但肯定是不同的人生。

現在年邁，「心如頑石忘榮辱，身似孤雲任去留」，沒有了各種顧忌，好似身在局外觀局內，「小舟無定處，隨意泊江村」，就隨心、隨性、隨緣了。

隨筆 115

暫別語

因為疫情關係，自我隔離在家，閑來無事，於二〇二〇年三月十五日開始寫作《詩圖文集》，每日一詩、一圖，到二〇二一年三月十八日已經滿了一年，就暫時停筆。但同年五月二日，耐不住寂寞，重新執筆，到二〇二二年五月二日，又有一年成果，總計完成七百三十四篇。

從五月二號抵臺，開始寫《彈天縮地・隨筆》，到今天（二〇二二年八月二十九日）在上海居家隔離期滿，總共將近四個月，一百一十五天，內含二十九天的強制隔

離，完成隨筆一百一十五篇，每篇都配以自攝照片一張。其間承蒙各位讀友厚愛，多加鼓勵、鞭策（指正筆者錯誤），方能勉力完成自設之標的。

從去年十一月二十日赴美，到今天是九個多月的時間，許多雜事，瑣事等待處理，而且題材枯竭（尤其是圖片），決定暫時停筆，等積累些素材後，再看以何種面目，與讀者諸君相見。

以前受軍訓時，常聽到的一句話：「離別不是友誼的分散，而是力量的擴張」，今日紙上言別，只為積累更多的能量，「長亭外，古道邊，芳草碧連天」，容再相見！

國家圖書館出版品預行編目(CIP) 資料

彈天縮地 / 張滌生著. -- 初版. --新竹縣竹北市: 方集出版社股份有限公司, 2023.07

面； 公分

ISBN 978-986-471-424-7 (平裝)

855 112008679

彈天縮地

張滌生 著

發 行 人：賴洋助
出 版 者：方集出版社股份有限公司
聯絡地址：100 臺北市中正區重慶南路二段 51 號 5 樓
公司地址：新竹縣竹北市台元一街 8 號 5 樓之 7
電 話：(02) 2351-1607 傳 真：(02) 2351-1549
網 址：www.eculture.com.tw
E-mail：service@eculture.com.tw
主 編：李欣芳
責任編輯：陳亭瑜
行銷業務：林宜葶
出版年月：2023 年 07 月 初版
定 價：新臺幣 420 元

ISBN：978-986-471-424-7 (平裝)

總經銷：聯合發行股份有限公司
地 址：231 新北市新店區寶橋路 235 巷 6 弄 6 號 4F
電 話：(02)2917-8022 傳 真：(02)2915-6275